TELEPHONE

일단은, 지금
행복할 것

일단은, 지금 행복할 것

오재희

알비

PROLOGUE

유럽 여행의 막바지였다. 파리를 떠나 암스테르담으로 가는 동안 어니스트 헤밍웨이의 〈파리는 날마다 축제〉를 읽고 있었다. 한국으로 돌아갈 시간이 다가오는 때에 긴 시간 버스에 있으니 잡다한 생각이 함께 떠올랐다. '이번 여행은 어떤 기억으로 남을까. 어떤 문장으로 표현할 수 있을까.' 그러다 읽던 책의 마지막 부분 옮긴이의 말에 실린 헤밍웨이의 인터뷰에서 힌트를 얻었다.

"파리는 내게 언제나 영원한 도시로 기억되고 있습니다. 어떤 모습으로 변하든, 나는 평생 파리를 사랑했습니다. 파리의 겨울이 혹독하면서도 아름다울 수 있었던 것은 가난마저도 추억이 될 만큼 낭만적인 도시 분위기 덕분이 아니었을까요. 아직도 파리에 다녀오지 않은 분이 있다면 이렇게 조언하고 싶군요. 만약 당신에게 충분한 행운이 따라 주어서 젊은 시절 한때를 파리에서 보낼 수 있다면, 파리는 마치 '움직이는 축제'처럼 남은 일생에 당신이 어딜 가든 늘 당신 곁에 머무를 거라고. 바로 내게 그랬던 것처럼."

어떤 도시에서의 기억이, 또는 삶의 어떤 시간이 축제와 같은 모습으로 우리의 남은 생을 함께 할 것이라는 말. 우리가 지나간 여행에 대해 품고 있는 감정은 이 한 문장으로 설명할 수 있지 않을까.

"만약 당신이 젊은 시절 한때를 여행으로 보낼 수 있다면, 여행은 마치 움직이는 축제처럼 남은 일생에 당신이 어딜 가든 늘 당신

곁에 머무를 거라고. 바로 내게 그랬던 것처럼."

어느 순간에는 여행이 단지 일상에서 벗어나기 위한 수단이었다. 지금보다 어린 날에는 성장의 밑거름이 되는 것이라 여기기도 했었다. 혼자만의 시간을 가질 도피처인 동시에 새로운 사람들을 만나는 통로이기도 했다. 지난 모든 여행이 조금씩 달랐지만 언제나 같았던 한 가지는, 여행이야말로 오늘을 살아가는 시간이라는 것이다. 지난 무수한 오늘이 내일을 위한 시간이 되었지만, 여행에서만큼은 오늘이 오늘로서 존재할 수 있었다.

여전히 처음 여행기를 쓰기 시작했던 때와 같은 시선으로 쓰고 싶다. 눈부신 순간만이 아니라 여행에서 겪은 온갖 일들과 감정을 있는 그대로 털어놓고 싶다. 그런데도 계속해서 떠남을 갈구하는 이유와 여행의 의미에 대한 고민도 함께.

삶을 고스란히 반영한 소설을 읽을 때 경험하는 다양한 감정을 내 여행 이야기를 읽는 독자도 비슷하게나마 느끼기를 바란다.

2020년 5월,
오 재 희

CONTENTS

01 오롯이 여행자가 되다

02 아직 여행길에 있다

어떤 결과를 기대하는 것이란

여행이 갖추어야 할 조건은 아니었다

01

오롯이
여행자가 되다

이스탄불의 묘한 밤

보스포루스 해협에 흐르는 이야기

이스탄불 위스퀴다르 지구의 보스포루스 해협이 가까운 한 곳에서는 크즈 쿨레시—마이덴 타워라고도 한다—가 보인다. 작은 섬 위에 지어진 오래된 건축물로, 몇 개의 슬픈 전설이 전해지는 곳이다.

대표적인 이야기는 한 공주에 관한 것이다. 전설이기에 내용에 조금씩 차이가 있는데, 대체로 줄거리는 이렇다. 공주가 태어난 뒤 어느 예언가가 나타나 황제에게 딸이 성년이 되는 해에 뱀에 물려 죽을 것이라고 말했다. 황제는 공주를 잃지 않기 위해 섬에 탑을 세우고 그곳에서 지내게 했고, 지금의 크즈 쿨레시다. 그렇게 공주는 무사히 성년이 되는 생일을 맞이했고 황제는 기쁜 마음으로 섬에서 파티를 열었다. 그런데 공주의 생일을 축하하기 위하여 성으로 배달된 과일바구니에서 독사가 나왔고, 결국 공주는

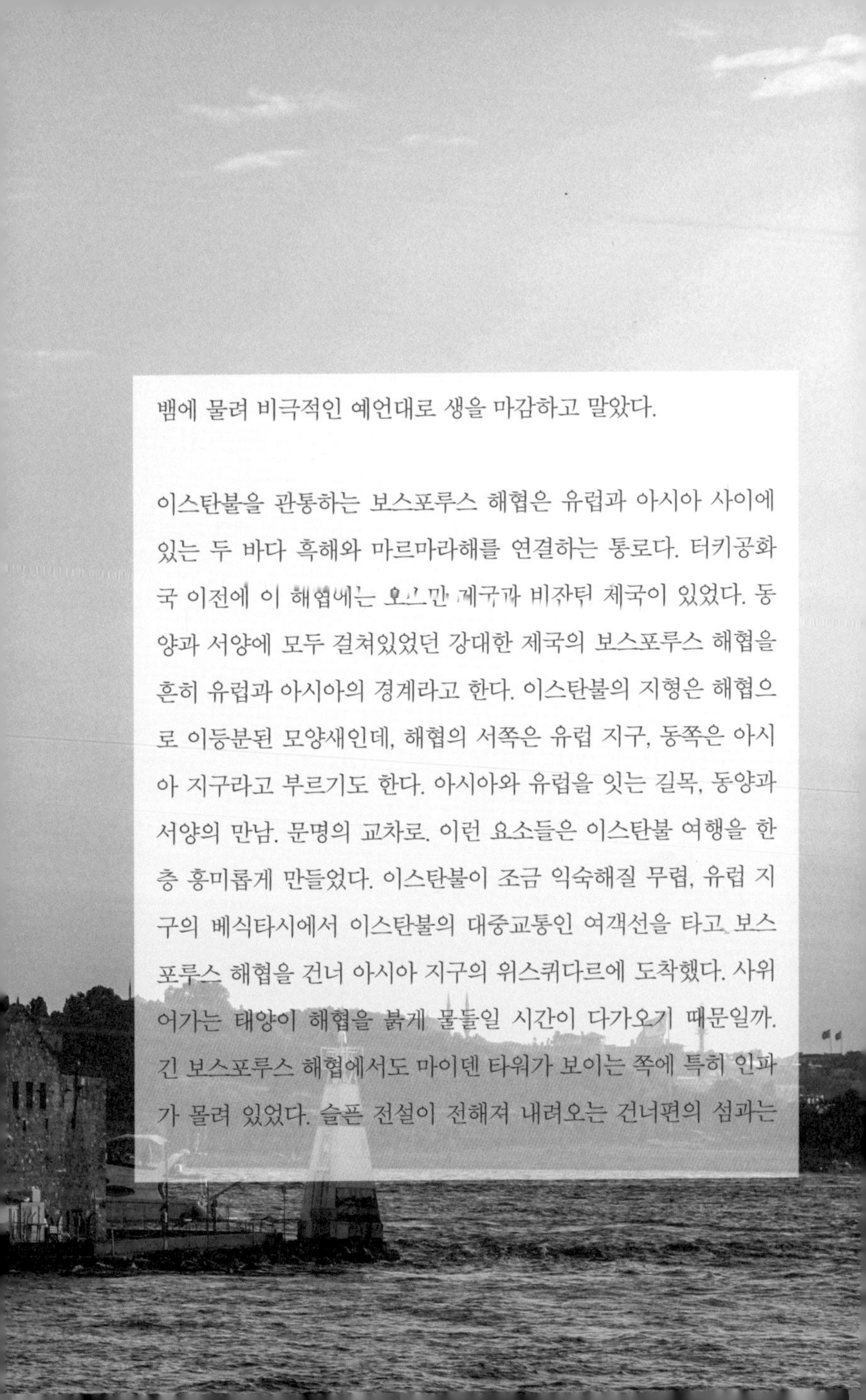

뱀에 물려 비극적인 예언대로 생을 마감하고 말았다.

이스탄불을 관통하는 보스포루스 해협은 유럽과 아시아 사이에 있는 두 바다 흑해와 마르마라해를 연결하는 통로다. 터키공화국 이전에 이 해협에는 오스만 제국과 비잔틴 제국이 있었다. 동양과 서양에 모두 걸쳐있었던 강대한 제국의 보스포루스 해협을 흔히 유럽과 아시아의 경계라고 한다. 이스탄불의 지형은 해협으로 이등분된 모양새인데, 해협의 서쪽은 유럽 지구, 동쪽은 아시아 지구라고 부르기도 한다. 아시아와 유럽을 잇는 길목, 동양과 서양의 만남. 문명의 교차로. 이런 요소들은 이스탄불 여행을 한층 흥미롭게 만들었다. 이스탄불이 조금 익숙해질 무렵, 유럽 지구의 베식타시에서 이스탄불의 대중교통인 여객선을 타고 보스포루스 해협을 건너 아시아 지구의 위스퀴다르에 도착했다. 사위어가는 태양이 해협을 붉게 물들일 시간이 다가오기 때문일까. 긴 보스포루스 해협에서도 마이덴 타워가 보이는 쪽에 특히 인파가 몰려 있었다. 슬픈 전설이 전해져 내려오는 건너편의 섬과는 달리 활기가 넘쳤다. 마이덴 타워가 있는 해협 인근의 육지로는 긴 스탠드가 만들어져 있는데, 저녁부터 밤까지 이스탄불 사람들이 간식과 차이를 먹으며 대화로 시간을 보내는 장소였다. 여행자도 많았지만 터키 현지인이 상당히 많았다. 좌석 사이사이로 차이를 파는 청년들이 바쁘게 오가며 다소 정신없이 시끌벅적했다.

혼잡한 틈으로 빈 좌석이 있는 걸 발견해 K와 함께 자리를 잡고 앉았다. 곧바로 한 남자가 다가와 차이를 먹겠냐고 물었다. 노 땡스, 하고 보스포루스 해협에 노을이 지는 걸 지켜봤다. 참 한결같이 매혹적이었다. 여행자의 혼을 빼놓는 혼잡한 활기와 몽환적인 경색의 조화는 이스탄불 여행의 치명적인 매력이다.

마이덴 타워 건너편에 별로 크지 않은 배 한 척이 정박하는 것이 보였다. 해협 위에 떠 있는 탑을 더 가까이서 볼 수 있도록 육지와 섬을 오가는 페리가 있다고 들은 적이 있었다. 가까이 가서 이미 배에 타 있는 선원에게 가격을 물었다. 이십오 리라. 원화로 약 오천 원이다. 대중교통을 이용하면 몇백 원에 보스포루스 해협을 건널 수 있지만 마이덴 타워 가까이에는 갈 수 없다. 그래서 그 작은 배를 타보기로 했다. 시야가 탁 트인 위층에 자리를 잡고 앉았다. 배가 크지 않아서 흔들림이 심해 멀미가 조금 났다.

타워만 금방 보고 돌아오는 줄 알았는데 도무지 출발할 기미가 없었다. 승객이 가득 차야 움직이려는지 심심해지려는 찰나, 맞은편의 중년 부부와 그들의 강아지에게 눈길이 갔다. 새하얀 솜뭉치 같은 것이 방방 거리며 배 위를 쏘다녔다. 녀석이 갑자기 가까이 나와서 조심스레 쓰다듬어봤다. 낯선 사람의 손길을 받는 일도 익숙한지 거부감이 없어 보였다. 하긴, 터키에서는 거리의 개와 고양이도 터전을 공유하며 함께 살아가는 듯했다. 이스탄불 거리에는 사람을 전혀 피하지 않고 한 자리 차지하고 느긋하게 햇살을 즐기며 늘어져 있거나 낮잠을 자는 녀석들이 참 많았다. 주인 부부도 강아지가 배 위의 사람들에게 잔뜩 귀염을 받으며 돌아다니는 장면을 자식의 재롱잔치 보듯 흐뭇하게 지켜보고 있었다.

이스탄불에 오기 전에 여행자들에게 어떻게든 '삥'을 뜯는다거나 술값 사기를 치기 위해 접근하는 사람들이 간혹 있으니 조심해야 한다는 말을 들은 적이 있었다. 그 배에서도 터키인들 몇몇이 나와 K에게 말을 걸기도 했는데, 다행히 불순한 의도를 가진 사람은 없었고 오히려 여행자에게 호의적이었다. K의 옆에 있던 꼬마들은 슬금슬금 눈치를 보더니 돌아가면서 함께 사진을 찍자고 했다. 중년 부부는 아예 목줄을 쥐여 주면서 강아지를 얼마간 맡기기도 하더니, 잠시 후에 함께 자신들의 사진을 찍어달라는 의미의 보디랭귀지를 구사하며 휴대폰을 건넸다. 카메라를 메고 여행하다 보면 촬영 부탁을 자주 받고는 했다. 사진 촬영을 부탁할 것이라면 이왕이면 카메라를 들고 다니는 사람한테 하는 게 결과물이 좀 더 낫겠지, 싶어서 그런가 보다.

선실의 소소한 교류가 오가는 동안 시간이 꽤 지났는데도 배는 제자리였다. 한 시간 정도 지났을까. 작은 배는 트로트 같은 리듬의 음악과 함께 보스포루스 해협을 항해하기 시작했다. 그런데 예상과 달리 배는 마이덴 타워를 지나쳐 해협 건너편 유럽 지구까지 가서 해안의 역사 유적지를 관람했다. 배에 설치된 스피커에서는 터키 언어가 쏟아져 나왔다. 알아들을 순 없었지만 가이드가 분명했다. 오천 원 돈이어서 짧은 항해일 줄 알았던 상품은 알고 보니 '보스포루스 항해 가이드 투어' 정도는 되는 것이었다. 그 길로 돌마바흐체 궁전을 비롯한 뷔워 메지디예 모스크, 보스포루스 대교 등 꽤 유명한 장소들을 순차적으로 둘러보고 돌아왔다. 알고 보니 마이덴 타워는 그 투어의 마지막 목적지였다. 한 번 타보기나 할까, 하면서 올라탄 배에서 두 시간이 넘게 보내고 내려오니 이미 깜깜한 밤이었다. 지출보다 상당히 알찬 여정이었지만 예상도 못 한 일이라 기분이 묘했다.

예상치 못한 일들이 벌어진 날

배에서 내린 뒤 어디로 갈지 잠깐 생각에 빠져있었다. 예상보다 늦은 시간 때문에 뭔가 더 하기가 애매했다. 그때 강아지 주인인 중년의 남자가 말을 걸어왔다. 못 알아듣겠다는 표정을 보이니 스마트폰을 꺼내 무언가 적기 시작했다. 그가 내민 화면을 보니 구글 번역기 애플리케이션 위에 영어 텍스트가 적혀있었다. '내가 차이를 대접하고 싶다.' 이미 밤 열 시였다. 숙소로 돌아가려면 배를 타고 해협을 건너가야 했다. 잠깐 고민하다가 오케이, 하고 초대에 응했다. 영어를 못하는 사람들도 오케이는 알아듣는지 말이 통했다. 조금 늦긴 했지만 이스탄불 밤거리는 꽤 익숙했고, 사람 좋아 보이는 부부가 선뜻 차를 사겠다는데 칼 같이 거절할 필요는 없기도 했다. 몇 시간 전에 노을을 보며 앉아 있었던 그 야외 좌석 중 한 곳에 터키인 중년 부부와 나와 K, 그리고 강아지까지 함께 앉았다. 테이블을 두고 마주 보는 것이 아니

라 바다를 바라보고 한 줄로 앉는 형태였다. 역시나 낯설고도 묘한 기분이 들었다. 그저 마음이 들뜨기보다는 조금 긴장이 됐고 일말의 경계심도 들었다. 곧 한 청년이 다가왔고 이번에는 거절하지 않고 차이를 주문했다.
이스탄불 버전의 차이 맛이 궁금하던 터였다. 터키 사람들은 앉은자리에서 차이 여러 잔을 마시고는 했다. 나는 더운 날씨에 뜨거운 차를 마시고 싶지 않아서 미루고 있었는데, 마침 기회가 왔으므로 도전할 타이밍이었다. 설탕을 넣고 살짝 맛을 봤다. 차보다는 쓰거나 달콤한 아이스커피에 길든 내 입맛에는 약간 애매한 맛이었다. 못 먹을 정도는 아닌데 굳이 돈 주고 사 먹진 않아도 되겠다 싶은 정도. 물론 열심히 찾아본다면 더 맛있는 차이를 끓이는 가게도 있겠지만.

번역기 애플리케이션은 생각보다 많은 대화를 할 수 있게 도와줬다. 언어가 전혀 통하지 않는데도 우리가 어디서 왔고, 어떤 여행을 하고 있고, 어디로 갈 것인지를 전할 수 있었다. 이스탄불에서 가볼 만한 장소에 대한 추천도 많이 받았다. 그들은 잠시 이야기를 나누다가 터키에 오는 여행자들은 지나치게 이스탄불에만 몰리는 경향이 있는데,

우리는 남부로 간다며 기뻐했다. 특히 남자가 그런 반응이 격한 편이었는데, 대뜸 우리에게 마르딘에 가볼 것을 권했다. 나는 그곳까지 갈 계획은 없었으므로 화제를 돌리려 했는데 남자는 마르딘에 대한 설명을 계속했다. 몇 개의 문명이 교차하는 곳이며 역사적으로 유서가 깊은 곳이다. 등등. 카파도키아 정도까지만 다녀올 계획이었던 나는 그곳에 가지 않는 그럴듯한 이유를 제시하기 위해 터키 동남부 일부 도시는 시리아 내전 등의 문제로 한국에서는 여행하기에 좀 위험한 곳으로 지정—내가 이스탄불을 떠나고 약 두 달 만에 터키는 시리아 북부 쿠르드 지역을 공격했다—되어있다고 전했다. 항상 온화한 표정이었던 남자의 얼굴에 돌연 언짢음이 보였다. 남자는 내 휴대폰에 떠 있는 번역 애플리케이션을 한참 들여다보더니 차이를 내려놓았다. 화난 표정을 지었고 자신의 기분이 상했다는 것을 애써 감추지도 않았다. 당황스러웠다. 한국 외교부에서 터키 동남부 접경 지역은 여행하기를 권장하지 않고 있다는 말이 내내 친절했던 남자를 단번에 분노하게 할 정도의 말이었던가. 남자는 잠시 고민을 하더니 번역기에 무어라고 써서 건넸다. "You said god is just a guest." 내가 신은 손님일 뿐이라고 말했다는 것이다. 이게 무슨 소리인지. 나는 무교이긴 하지만 무슬림에게 신이 손님이라고 말할 정도로 호전적인 사람은 아닌데. 오해를 풀기 위해 다시 몇 차례 더 번역기를 건넸다. 남자도 번역기를 통해 대답했다. 메시지에 시리아 내전이 등장하고 신이 등장하면서 대화가 복잡해질수록 번역기로 정확한 의미를 전달하는 게 어려워졌다. 우리는 결국 번역기를 통한 의사소통이 약간 오해를 만드는 것 같다는 의견에 동의하는 것을 끝으로 신, 전쟁, 그리고 마르딘에 관련해서는 더 이야기하지 않았다. 남자는 그제야 자신이 다소 격했다고 생각했는지 대뜸 '너와는 아무런 문제도 없다'라는 내용의 메시지를 내게 보여줬다. 물론 이때를 제외하면 중년 부부와 함께한 시간은 대부분 좋았다. 다만 낯선 도시에서 낯선 현지인과의 논쟁은 마냥 좋기만 할 수도 있었던 시간을 또다시 조금 애매하게 만들었다. 다행히 헤어질 때쯤엔 모두가 밝은 표정이 되어 작별 인사를 했다. 곧 새까매진 해협을 건너 숙소가 있는 유럽 지구로 돌아왔다. 분명 여행은 무척 만족스러웠던 것 같은데 다소 묘했던 이스탄불의 밤이었다.

예상치 못한 일들이 연속적으로 벌어진 날은 오래 기억에 남는다. 시간이 조금 흘렀는데도 이스탄불의 그 밤이 아직도 생생하다. 오천 원

짜리 보스포루스 해협 투어도, 솜뭉치 강아지와 중년 부부도, 캄캄해진 보스포루스 해협을 보며 마셨던 묘한 차이의 맛도, 휴대폰에서 튀어나오는 듯 느껴졌던 'You said god is just a guest'란 문구도 선명히 기억에 남아 있다. 분명히 좋았고, 예쁜 풍경도 많이 보았고, 반가운 인연도 있었다. 동시에 예상치 못한 곳에서 여행의 시간을 상당히 소비했고, 그렇게 하루가 끝나버렸고, 약간의 풀지 못한 감정의 찝찝함도 남겼다. 이런 하루도 여행에서는 사실 나쁘지 않다. 어쩌면 여행이 길어질수록 더 필요할지도 모른다. 시간이 조금 흐르면 깨닫곤 하니까. 그렇게 제멋대로 지나가 버린 날이 여행을 더 다채롭게 만들어 주기도 한다는 것을.

매일
단잠을 잤다

여행을 떠나오기 전 몇 주 동안은 좀 피곤했다. 업무과 원고 작업을 병행하느라 밤낮이 바뀐 게 화근이었다. 여행 직전 며칠간의 생활패턴은 보통 이러했다. 정오에 기상하여 급하게 준비를 마친 뒤 곧바로 출근, 저녁 일곱 시 반 즈음에 퇴근하고, 밥을 먹고 다시 카페로 갔다. 오래 앉아 있어야 하므로 카페는 새벽까지 영업하는 곳이어야 했다. 기한이 촉박할 때는 카페에서 빵으로 식사를 하며 작업을 했다. 그리고 새벽 두 시쯤 집으로 돌아와 샤워하고, 다시 책상에 앉았다.
집에서 그날의 작업을 끝내고 침대에 눕는 시간은 보통 아침 여섯 시에서 일곱 시 사이였다. 이미 하늘이 파랗게 되어서 잠이 잘 오지 않았다. 수면이 아침 시간에 몰려 있는 데다 두 가지 일을 병행하니 피로가 이만저만이 아니었다. 이럴 때는 불면증도 함께 왔다. 아무리 피곤해도 쉽게 잠들지 못했고, 잠들어도 쉽게 깨곤 하는 날이 반복됐다.

비행기 표를 끊은 뒤에는 여행을 기다리며 피곤한 일상을 버텨내고는 했지만, 이번 여행은 출발이 다가옴에 들떠 있을 틈도 없었다. 출국을 이틀 앞둔 날 새벽 세 시에 마지막 원고 작업을 마무리했고, 마지막 출근 날에는 회식이 있었다. 금요일에 시작한 회식은 토요일에 끝났

다. 인천에서 출발하는 비행기를 타기 위해 서울로 출발해야 했던 토요일 아침에야 고향에 다녀올 수 있었다. 그렇게 만반의 준비는 고사하고 출발 자체도 힘겹게 성공하는 모양새로 오십 일간의 여행이 시작되었다. 숙소조차 거의 예약하지 못하고 여행을 떠나게 되었지만, 복잡하게 펼쳐놓았던 일들은 대부분 마무리가 되긴 했다. 원고는 잘 마무리되었고, 업무의 이런저런 일들도 잘 정리하고 나온 상황이라 당장 더 신경 쓸 것은 없었다. 하지만 마음먹고 걱정할 문제를 골라보자면 수도 없이 많았다. 앞으로는 무슨 일을 해야 하나. 언제까지 이렇게 살 수 있을까. 경제적으로는 얼마나 버틸 수 있으려나. 일을 그만두고 여행을 떠나기로 한 시점부터는 그런 생각이 계속 맴돌 수밖에 없었다. 출국 직전까지 수없이 많은 생각을 주렁주렁 달고 다녔다. 점심때 눈뜨고 다시 아침에 잠들 때까지.

일상이 이어졌다면 분명 한동안은 그 수많은 생각에 사로잡혀 있었을 텐데 잡념은 비행기에 함께 오르지 못했다. 첫 여행지인 이스탄불에 도착해서부터 아무런 걱정이 없어졌다. 여행을 떠난다고 해서 문제가 사라지진 않으니 떠오르지 않았다고 하는 게 더 정확하겠다. 걱정거리라는 것이 생각하지 않으려고 한다고 마음대로 잊히는 게 아닌데, 여행은 너무나 쉽게—정작 여행은 마냥 쉬웠던 적이 없지만—그런 일을 해낸다. 여행지에서만큼은 아등바등 살아왔던 과거의 나는 마치 내가 아닌 것처럼, 오직 오늘에 머무르는 여행자가 되곤 했다. 나는 이스탄불과 카파도키아에, 부다페스트와 빈과 프라하에, 뮌헨과 프라이부르크에, 바르셀로나와 포르투에, 런던과 파리, 그리고 암스테르담 등 두 발을 딛는 바로 그곳에 있을 뿐이었다. 여행을 통한 망각이었고, 일시적일지언정 해방이었다.

고민이 멀어지니 불면증도 치료됐다. 에어비앤비든 호텔이든 숙소의 침대에 눕기만 했다 하면 곧 잠들었다. 하루하루의 체력소모가 만만치 않았던 것도 한몫했다. 그때부터 '꿀잠'이 시작됐다. 여행하는 내내 단 하루도, 자고 싶은데 잘 수 없어 고통스럽게 깨어있었던 적이 없었다. 단지 예상치 못한 난관으로 거리에서 밤을 새워야 했던 날, 공항에서 노숙했던 날만이 예외였다. 나는 머리만 붙이면 곧잘 잠드는 유형과는 완전히 반대인 사람이었기에 신비로운 경험이었다.

여행이 거의 막바지였던 파리에서는 일부러 미래에 관한 고민을 불러

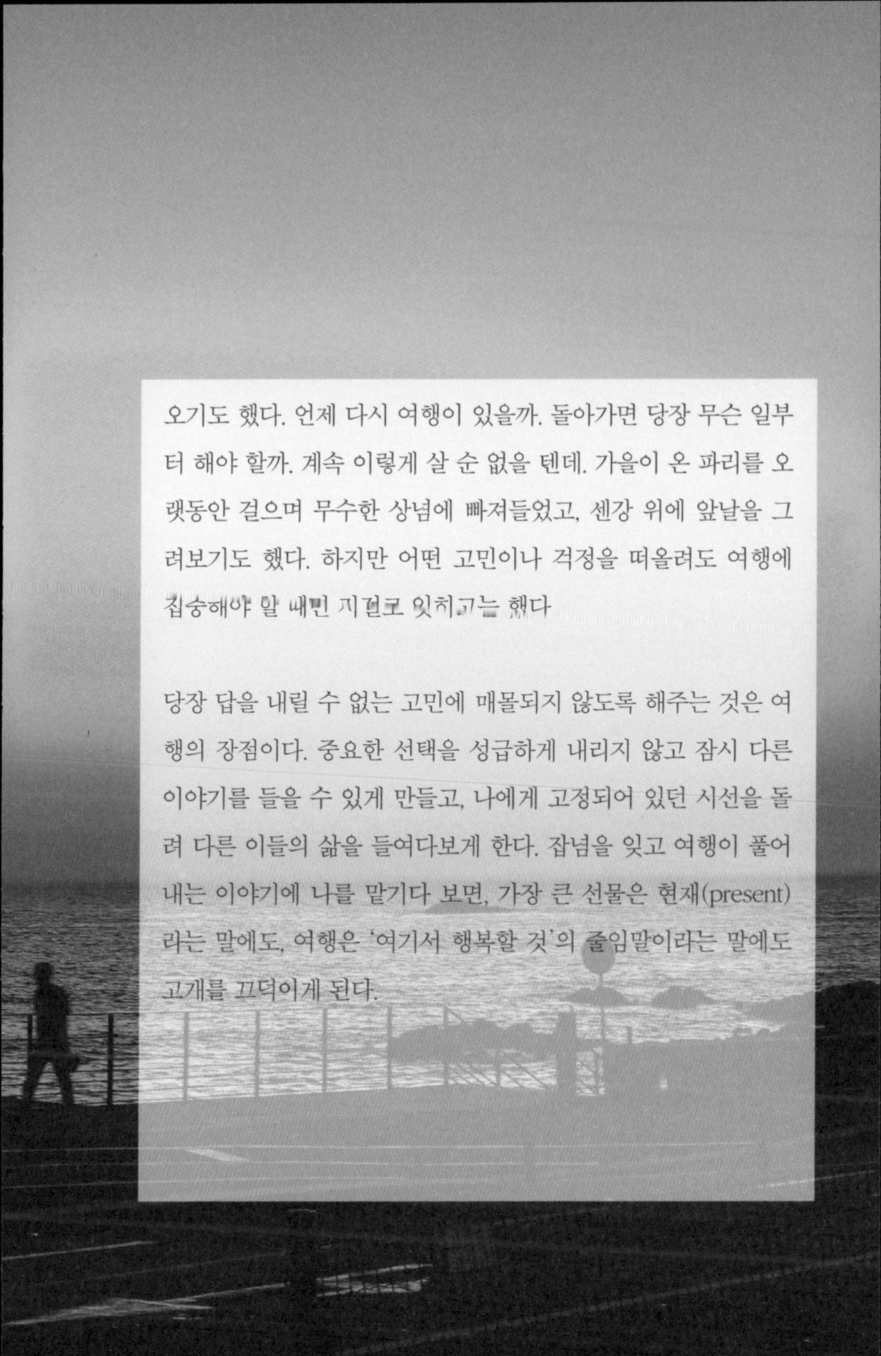

오기도 했다. 언제 다시 여행이 있을까. 돌아가면 당장 무슨 일부터 해야 할까. 계속 이렇게 살 순 없을 텐데. 가을이 온 파리를 오랫동안 걸으며 무수한 상념에 빠져들었고, 센강 위에 앞날을 그려보기도 했다. 하지만 어떤 고민이나 걱정을 떠올려도 여행에 집중해야 할 때면 저절로 잊히고는 했다.

당장 답을 내릴 수 없는 고민에 매몰되지 않도록 해주는 것은 여행의 장점이다. 중요한 선택을 성급하게 내리지 않고 잠시 다른 이야기를 들을 수 있게 만들고, 나에게 고정되어 있던 시선을 돌려 다른 이들의 삶을 들여다보게 한다. 잡념을 잊고 여행이 풀어내는 이야기에 나를 맡기다 보면, 가장 큰 선물은 현재(present)라는 말에도, 여행은 '여기서 행복할 것'의 줄임말이라는 말에도 고개를 끄덕이게 된다.

노을이 질 때의 비현실적인 풍경

플라이 투 파라다이스!

연노란색 장발의 남자가 절벽에 걸터앉았다. 그의 손엔 와인병이 들려 있었다. 아찔한 절벽에 걸터앉아서 남자는 술을 마셨다. 그는 곧 와인병 든 손을 하늘로 뻗더니 힘껏 소리를 내질렀다. 끊임없이 피어오르는 열기구를 향해, 주변의 수많은 구경꾼이 모두 들으라는 듯.
"플라이 투 파라다이스!"
아, 남자는 와인이 아니라 카파도키아에 취한 게 분명했다.

터키 카파도키아에 도착할 때는 칠월 말로 한창 더운 시기였다. 새벽에 이스탄불을 떠나 카이세리까지 비행기로, 아주 작은 카이세리 공항에서 다시 미니밴을 타고 카파도키아에 왔다. 괴레메에서는 꽤 흔한 '동굴 숙소'를 예약해뒀는데 분위기가 독특했다. 방은 말 그대로 동굴이었는데 편리하게도 티브이나 와이파이가 설치된 현대식이었고, 꼭대기 층에는 테라스도 갖추고 있었다. 굳이 멀리 외출하지 않아도 여행 중이라는 기분을 만끽할 수 있었던 것은 독특하면서 전망이 좋은 동굴 숙소와 기암괴석이 만들어 내는 신비스러운 마을의 분위기 덕분이었다.

첫날인데 무얼 해볼까 고민하다가 비교적 소요 시간이 짧았던 '로즈 밸리 선셋 투어'를 하기로 했다. 카파도키아 관광은 보통 현지 여행사를 기반으로 여러 투어 상품을 통해 이루어졌다. 대표적인 기암괴석 지대인 로즈 밸리와 관련해서는 사륜차나 말을 타고 가는 상품도 있었다. 나는 걷고 싶어서 계곡 입구까지만 차량으로 이동한 다음에 가이드와 트래킹을 하는 방식을 택했다.

선셋 투어였으므로 출발은 오후 다섯 시가 넘어서였다. 그동안 괴레메 마을을 구경했다. 제일 먼저 한식당에 가서 라면과 흰밥을 시켰다. 자취생도 뚝딱 만들어낼 만한 상차림에 비하면 터무니없이 비싼 가격이었으나 그마저도 감격스러웠다. 터키에 온 뒤로 주야장천 괴프테와 케밥류의 음식을 먹다가 라면 국물에 밥을 적셔 입 안에 넣으니 첫 순갈에 눈물이 날 지경이었다. 식사를 마치고는 괴레메를 좀 구경했다. 마을은 별로 크지 않았고 카파도키아의 명성에 비해서는 관광객도 많지 않아 한산했다. 커피를 잘못시켜서 뜨거운 태양 아래 더 뜨거운 음료를 마시기도 했다. 길에는 한 자리 차지한 개와 고양이가 넘쳐났고 이따금 마차나 올드카도 지나다녔다. 잡화점에 들러 화려한 색감과 어지러운 문양의 컵 받침, 그리고 뜨거운 태양을 가려줄 모자를 샀다.

Ürgüp Balloons

마치 쥬라기 공원에 나오는 박사가 쓰고 다닐 것 같은 챙이 달린 회색 모자였나. 불가가 저렴한 나라에서는 특히 기념품점에 가는 재미가 있다. 카파도키아의 신비스러운 분위기 덕분에 괴레메에 온 뒤로는 마을을 걸어 다니는 것만으로도 썩 즐거웠다.

날이 저물어가는 무렵에 로즈 밸리를 오르기 시작한 다음에는 감탄하는 일 말고는 달리 할 게 없었다. 선셋 포인트로 가는 중 기암괴석 지대 곳곳에서 마치 사람이 살았던 것처럼 창이 뚫려 있는 바위들을 보았다. 실제로 오래전에 탄압을 피해 떠나온 기독교인들이 카파도키아에 살며 촌락을 형성했었다고 한다. 그래서 바위들의 대부분은 교회나 주거지로 쓰였었는데, 내부로 들어가면 종종 벽화가 남아있는 곳들도 있었다. 장엄한 풍경 속에 남아 있는 바위를 뚫고 살았던 예사롭지 않은 인간의 흔적이 카파도키아를 한층 신비롭게 만들었다.
마침내 선셋 포인트에 오르니 광활한 갈빛 들판이 나타났다. 들판 아래로는 붉은빛을 띠는 거대한 암석이 깊은 골짜기를 이루고 있었다. 점점 태양이 힘을 잃고 장미의 계곡이 노을빛에 물들기 시작하면, 또 한 번 어디에서도 본 적 없는 비경이 눈앞에 펼쳐졌다.

망연히 바라볼 뿐이지만 고개를 떨어뜨릴 일은 없었다. 사진으로 정지시켜서 담아가는 것이 왠지 송구스러운 시간. 시원한 바람이 머리칼을 흔들면 조용히 눈을 감고 싶은 곳. 인간의 말소리 없음이 침묵이 아니라, 오히려 바람에 풀잎이 흔들리고 광활한 풍경에서 들려오는 소리에 귀를 기울이게 만드는 그런 곳. 그런 여행. 카파도키아에 있는 순간들이다.

어느덧 완연히 밝은 아침이었다

로즈 밸리에 다녀온 다음 날 이른 새벽에 눈을 떴다. 열기구가 세상을 가득 메운다는 카파도키아의 아침을 보러 갈 시간이었다. 오후의 무더위와 달리 태양이 떠오르기 전에는 제법 쌀쌀해서 겉옷을 챙겨 입고 숙소를 나섰다. 괴레메 마을 내에도 지형이 솟아 있어서 일출이나 일몰을 감상하는 포인트가 되는 곳이 있다. 조금 걸어 그곳에 도착하니 벌써 많은 사람이 열기구를 구경하기 위해 몰려 있었다.
어둠이 걷히면서 열기구가 하나둘 떠오르기 시작했다. 여행 잡지나 컴퓨터 바탕화면에서 보던 풍경이었다. 잠이 달아났다. 낯선 세계에 빠져들면서 시간의 흐름도 낯설게 느껴졌다. 마음에 드는 열기구를 따라 이곳저곳으로 쫓아다녔다. 그동안 하늘은 검은색이었다가, 붉은 빛을 쏟아냈다가, 새파란 색으로 변했다. 하늘을 가득 메웠던 커다란 풍선들이 거의 제자리로 돌아갈 때쯤 정신을 차리면, 어느덧 완연히 밝은 아침이었다.

고요한 동굴에서 낮잠을 푹 자고 나와서 향한 곳은 괴레메 야외박물관이었다. 괴레메 중심부에서 조금 떨어진 박물관으로 가는 길은 왠지 미 서부에 온 것 같은 느낌이 들었다. 푸르지 않아서 황량하게 느껴지는 평야가 있었고 아스팔트 도로 위로는 올드카가 다녔다. 도로 끝에는 낡은 목재 표지판이 세워져 있었다. 사실 나는 미국에 가 본 적이 없으므로, 영화 등의 미디어를 통해 만들어진 미국 서부의 이미지와 비슷하다고 해야겠다.
야외박물관에서는 거대한 암석 지대에 형성된 독특한 인간 마을을 볼 수 있었다. 로즈 밸리에서도 보았던 독특한 야외 유적 같은 것들이 모여서 그대로 하나의 박물관이 된 곳으로 로마 시대의 기독교 박해를 피해온 종교인들이 살았던 흔적이 많이 남아있었다. 여러 장소가 개방되어있어서 교회나 거주지로 이용되었던 바위들 안으로 들어가 볼

수 있었다. 이런 곳에서의 삶은 어땠을까. 거대한 돌을 파고 깎아서 만든 공간들이 상상력을 자극했다. 카파도키아에는 종교인들이 만든 고대의 지하도시도 남아있는데 '데린쿠유 지하도시'가 대표적이다.

야외 박물관 근처에는 카페도 있었고, 기념품이나 여행에 실용적인 물건을 파는 잡화점도 있었다. 그 거리를 어슬렁거리니 웬 유럽인 꼬마 아이가 함께 사진을 찍자고 다가왔다. 탐험가를 꿈꾸는 녀석인가. 내 십오 리라짜리 모자가 마음에 들었나. 아버지로 보이는 남자가 흐뭇하게 이쪽을 바라봤다. 불순한 의도가 없는 한 여행자들과의 소소한 교류는 항상 여행을 더 즐겁게 만든다. 얼굴 크기가 내 주먹만 했던 아이와 셀카를 찍고 시선을 돌리니 호객꾼들과 낙타가 보였다. 왠지 마음이 조금 불편했다. 로즈 밸리에서 관광객을 태우고 초원을 달리는 말들을 볼 때는 불쌍하다는 생각이 들지 않았었는데, 기둥에 묶여있는 낙타들은 왠지 좀 답답해 보였다. 당연히 어떤 환경인지가 중요하겠지만, 관광 상품이 되어버린 동물을 보고 있는 것은 늘 유쾌하지만은 않다.
여행지에서 단골 카페를 만들어 보는 것도 재밌는 일이다. 괴레메에는 부부가 운영하는 '킹스 커피'라는 이름의 카페가 있었는데, 이름과 달리 주인은 왕이 아니라 젠틀한 신사처럼 행동했다. 터키에서는 흔치 않은 아이스 아메리카노도 있었다. 좌석은 야외 테이블에 천막을 친 형태였는데 걸핏하면 고양이가 손님의 자리를 침범했다. 햇볕만 겨우 가리는 그 테이블에서 커피를 마시며 오후 시간을 보내면서 꼭 다른 곳을 보러 가야 하나, 라는 생각에 빠지고는 했다.

카파도키아에서의 셋째 날에도 같은 카페에 가서 커피와 터키 전통 요리인 괴즐레메(얇은 밀가루 반죽 사이에 채소나 고기 등의 재료를 넣고 구워서 만드는 터키 전통 요리)를 시켰다. 역시나 카페에는 고양이가 얼씬거리고 있었다. 가게에 있던 내 또래의 여자가 음식을 주니 다른 고양이도 슬금슬금 다가왔다. 뒤에 온 고양이가 바닥에 놓인 음식을 한 입 먹으려 하니 원래 있던 녀석이 앞발을 들어 머리를 가격했다. 그 유명한 '냥냥펀치'였다. 실제로 보니 살벌했다. 먹이를 주던 여자가 "쉬 이즈 어 킥복서"라고 말하자 그 장면을 지켜보던 사람들은 모두 웃었다. 절친한 한국인 친구가 있다던 한 터키인 아주머니는 신기하게도 길고양이를 '나비'라고 부른다고 했다. 작은 카페에서 보내는 괴레메에서의 시간은 그런 소소한 대화와 길 위의 고양이들과 함

께 흘러갔다.
브런치로 시작한 커피가 두 잔째 비워지고, 오후 두 시가 될 때까지도 나는 카페에 가만히 앉아 격렬하게 '멍때리기'를 하고 있었다. 나른함에 속절없이 빠져들던 중 겨우 결심을 내렸다. 우치사르까지 하이킹하는 것으로. 투어 상품도 있었지만 마지막 날이니만큼 두 발로 느껴보기로 했다. 더운 날씨가 걱정이긴 했지만 한 시간 정도면 우치사르에 닿을 수 있다고 했다. 친절한 카페의 주인 가족과 개와 고양이의 배웅을 받으며 카페를 나섰다.

땅 위에 별이 뜬 것 같았다

괴레메에서 출발해 이십 분 정도를 걸었던 것 같다. 거리가 아니라 날씨가 문제였다. 그늘에서 커피를 마시면서 짐작했던 것과는 비교도 안 되게 더웠다. 두 마을 사이를 이어주는 길은 나무 한 그루 없는 아스팔트 도로로 이어져 있었다. 햇볕을 피할 곳도 마땅치 않았다. 다행히 조금 걷다 보니 주유소가 있어서 건물이 만든 그늘 밑에서 조금 쉬었다. 그러다 K의 눈치를 보며—우치사르까지 걸어보자고 제안한 것이 나였다— 여행을 떠나오기 전에 한국에서 유행했던 노래를 크게 부르기 시작했다. 여행길 위에서 지칠 때면 으레 하는 짓이었다.

걷다 보니 파노라마라고 적힌 표지판이 보였다. 괴레메 마을 방향으로 뻗은 절벽 위에 작은 상가가 만들어져 있었다. 파노라마라는 이름에 걸맞게 전망이 좋았다. 이렇게 기대하지 않은 곳에서 멋진 장소를 발견하는 게 도보 여행의 한 장점이기도 했다. 목적지만이 아니라 목적지까지 가는 길 위의 순간이 쌓이면 여행의 속성이 달라진다. 절묘한 위치에 자리 잡은 기념품 가게에서 오 리라를 주고 '푸른 눈'을 하나 샀다. 어떻게 보면 예쁘고 다르게 보면 징그럽기도 한 파란색 외눈 모양의 장신구였다. 나쁜 일을 막아주는 일종의 터키 부적이라고 한다. 냉정하게 말하자면 싸구려 기념품이기는 하지만, 나는 배낭에 푸른 눈을 단단히 매달아두었다. 우치사르와 괴레메 왕복 하이킹이 무사히 끝나기를 바라며, 이번 여행에서 마주할 불운을 좀 줄여주기를 바라면서.

우치사르는 멀기도 하고 가깝기도 했다. 이 길에 처음 올랐을 때부터 작게 보이며 나침반이 되어주었던 우치사르 성채가 어느덧 거대해졌다. 버스가 다니는 길을 따라 마을로 들어가니 식당이나 카페가 조금씩 있었다. 괴레메와 비슷한 마을인데 역시나 분위기가 독특했다. 동굴처럼 생긴 카페가 있어서 들어가 레모네이드를 주문했다. 오는 동안 땀범벅이 되어서 일단 화장실부터 갔다. 쪼그려 앉아서 일을 보아야 하는 변기 옆에 조그마한 수도꼭지가 있었다. 땀이나 좀 닦아내며 씻다 보니 그곳에서 거의 반쯤 샤워를 하게 됐다. 꼴이 퍽 우스웠는데 다행히 다른 손님은 없었고 주인 남자도 화장실의 부자연스러운 소음을 별로 개의치 않는 눈치였다. 많이 걷는 여행에서는 누군가의 신세를 지는 일이 잦게 된다.

노을이 지는 시간까지 카페에서 기다리다가 다시 길을 나섰다. 생과일주스를 파는 노점상이 모여 있는 우치사르 성의 입구를 지나 계단을 따라 천천히 정상으로 올랐다. 온종일 바라보면서 걸어왔던 목적지에 도착해서 그곳으로 걸어 들어갈 때의 느낌이 좋다. 그럴 때면 마치 풍경의 일부가 되는 기분이 든다. 그리고 긴 여정 끝에 마침내 카파도키아에서 가장 높은 곳에 섰을 때, 그때 눈에 담았던 장면과 감정을 쉽게 잊을 수 없을 것이다. 시원한 바람이 커다란 깃발을 흔들고 그 아래 서서 내가 걸어온 길을 바라보던 그 순간을.

돌아갈 때만이라도 택시 같은 걸 알아볼까, 하다가 관두고 다시 걷기로 했다. 세상은 이미 깜깜했지만 길은 단순했다. 조금 떨어져서 바라

본 괴레메는 예쁘게 반짝거렸다. 기암괴석과 마을의 불빛이 섞여서 마치 땅 위에 별이 뜬 것 같았다.

숙소로 돌아와서 한국에서 가져온 라면으로 '뽀글이'를 만들어 터키의 에페스 맥주와 함께 먹었다. 늦은 저녁 후 샤워까지 하고 나오니 자정이 가까운 시간이었다. 다가올 새벽에는 다시 카이세리로 가야 했고, 그곳에서 다시 이스탄불로 가서 부다페스트행 비행기를 타야 했다. 잠을 청하기에는 애매한 시간이었는데 피로가 몰려왔다. 그래도 다음 일정을 생각하지 않고 방전될 때까지 걸은 것이 후회되지는 않았다. 이곳을 얼마큼 걸었든, 떠나고 난 뒤에는 누군가 파라다이스로 착각하고 마는 아침과 커피와 고양이가 있는 오후, 그리고 노을이 질 때의 비현실적인 풍경을 오래도록 추억하게 될 테니까.

다뉴브강의 풍경은 여전히 낭만적이지만

글루미 선데이

부다페스트는 여행하기에 좋은 도시였다. 다뉴브강의 풍경은 더할 나위 없었고 헝가리 전통 요리인 굴라쉬도, 함께 마신 생맥주도 맛있었다. 좋아하는 영화의 배경으로 들어온 기분을 느끼며 천천히 강을 따라 걷는 일도 좋았다. 하지만 부다페스트는 곳곳에 슬픔이 묻어있는 도시이기도 했다.

부다페스트에 도착하니 비가 내리고 있었다. 우산도 필요 없이 그저 맞고 걸으면 그만인 정도의 비였다. 축축하게 젖은 부다페스트의 첫 인상은 왠지 쓸쓸했다. 온종일 잿빛이었던 하늘에 구름이 걷히기 시작한 것은 노을이 질 때쯤이었다. 다뉴브강 위의 세체니 다리를 걷고 있었다. 난간 앞에서 사진을 찍는 사람들 위로 세체니 다리에 서 있었던 스크린 속 세 남녀의 모습이 오버랩됐다.
〈글루미 선데이〉는 2차 세계대전 시기의 부다페스트를 배경으로 만든 영화다. 헝가리 작곡가 레조 세레스가 쓴 연주곡의 이름이기도 하며 곡이 발표되었을 때 많은 사람이 글루미 선데이를 듣고 죽음을 택했다는 풍문이 있어서 '자살의 찬가'라고도 불렸다. 소문으로는 자살한 사람의 수가 수백 명에 이른다고 하는데, 오케스트라 단원들이 이 곡을 연주한 후에 집단 자살을 했다는 괴담도 있을 정도였다. 글루미 선데이의 매혹적인 선율이 죽음을 부른다는 비과학적 소문은 작곡가 레조 세레스마저 자살로 생을 마감함으로써 조금 더 설득력이 있게 되었다. 영화 또한 글루미 선데이와 죽음, 그리고 세 남녀의 비극적인 사랑 이야기를 함께 다뤘다. 시대적 배경 때문인지 영화는 전반적으로 우울한 분위기지만, 배경인 부다페스트는 아름답고 슬픈 음악과 함께 낭만적으로 그려졌다.

글루미 선데이가 발표될 당시 여러 사람이 자살한 직접적인 원인은 대공황 이후의 경제 불황과 전쟁 등의 불안한 시대적 배경 때문이라는 분석이 좀 더 현실적이다. 그런 관점에서 보자면 글루미 선데이는 오히려 우울한 시대에 직접 생을 마감하기를 선택한 사람들의 마지막을 위로해주던 음악이었을지도 모른다. 영화는 글루미 선데이의 선율을 빌려 인간의 존엄에 관한 질문을 던진다. 우리의 삶이 모욕당하고 처절하게 짓밟히는 순간이 온다면, 차라리 세상을 떠남으로써 최소한의 존엄을 지키는 게 나을 수도 있지 않겠냐고. 하지만 주인공 일로나는 말한다. '떠나지 말고 행복을 위해 싸우자'라고.

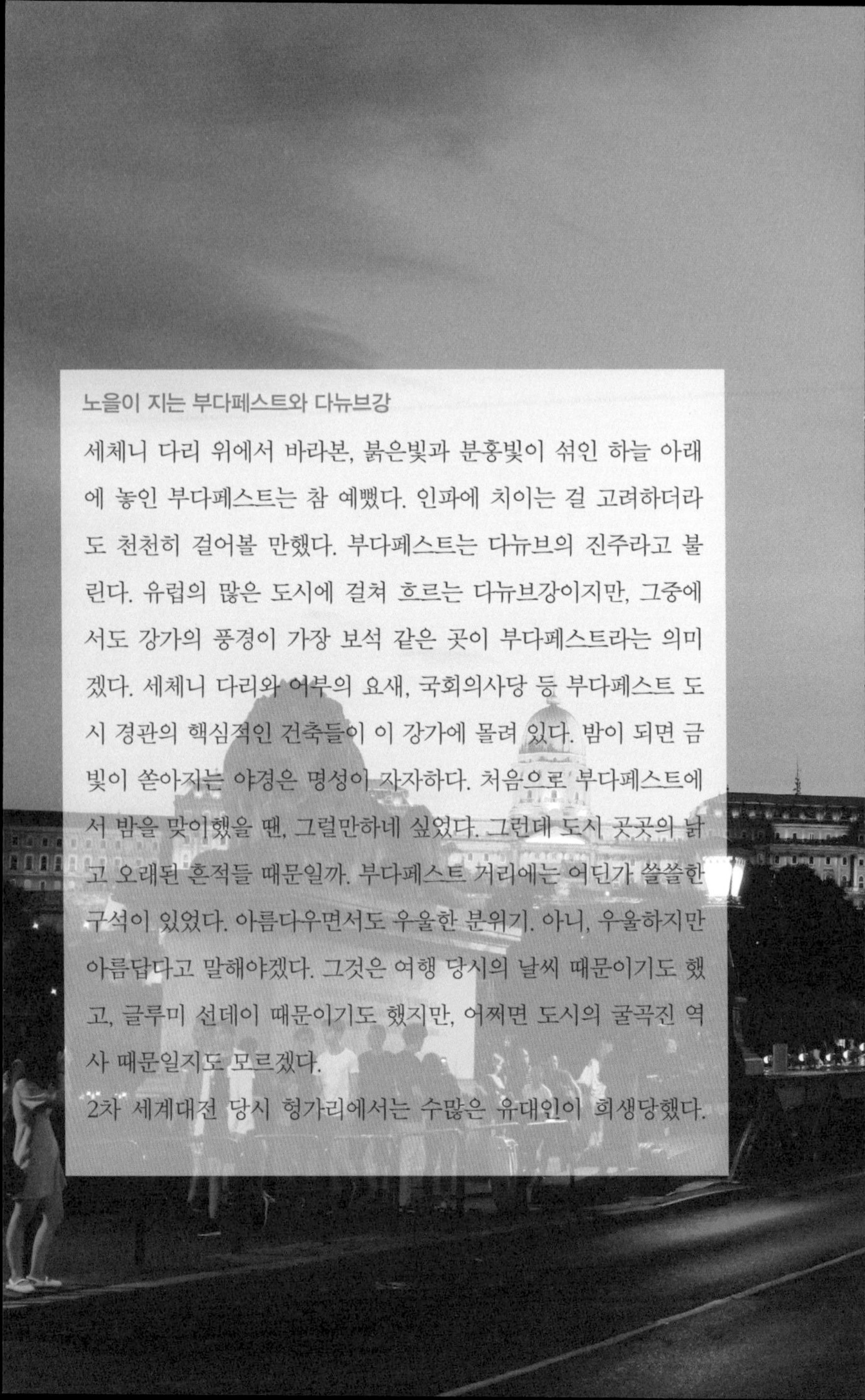

노을이 지는 부다페스트와 다뉴브강

세체니 다리 위에서 바라본, 붉은빛과 분홍빛이 섞인 하늘 아래에 놓인 부다페스트는 참 예뻤다. 인파에 치이는 걸 고려하더라도 천천히 걸어볼 만했다. 부다페스트는 다뉴브의 진주라고 불린다. 유럽의 많은 도시에 걸쳐 흐르는 다뉴브강이지만, 그중에서도 강가의 풍경이 가장 보석 같은 곳이 부다페스트라는 의미겠다. 세체니 다리와 어부의 요새, 국회의사당 등 부다페스트 도시 경관의 핵심적인 건축들이 이 강가에 몰려 있다. 밤이 되면 금빛이 쏟아지는 야경은 명성이 자자하다. 처음으로 부다페스트에서 밤을 맞이했을 땐, 그럴만하네 싶었다. 그런데 도시 곳곳의 낡고 오래된 흔적들 때문일까. 부다페스트 거리에는 어딘가 쓸쓸한 구석이 있었다. 아름다우면서도 우울한 분위기. 아니, 우울하지만 아름답다고 말해야겠다. 그것은 여행 당시의 날씨 때문이기도 했고, 글루미 선데이 때문이기도 했지만, 어쩌면 도시의 굴곡진 역사 때문일지도 모르겠다.

2차 세계대전 당시 헝가리에서는 수많은 유대인이 희생당했다.

몇 해 전에는 헝가리 대통령 야노시 아데르가 과거 헝가리 정부가 나치에 부역하며 유대인 학살에 동참하는 죄를 저지른 사실을 인정하기도 했다.

유명한 관광지들의 야경을 보고 온 다음 날, 부다페스트에 있는 홀로코스트 기념관에 다녀왔다. 2차 세계대전 당시 나치가 저지른 유대인 학살을 기억하고 있는 곳으로 유대인 탄압이 어떻게 시작되었는지부터 수용소에서 살해당하는 과정까지 상세하게 기술되어 있다. 나치스 친위대(SS)의 만행과 실제 피해자들의 증언도 기록되어 있다. 〈인생은 아름다워〉와 〈피아니스트〉 등 홀로코스트를 다룬 영화에서 보았던 장면들이 과장이 아니었다는 것을 확인하게 되었고, 그 잔혹함에 할 말을 잃었다. 창밖으로 보이는 풍경이 아름답기로 유명한 2번 트램을 타고 다뉴브강을 따라 중심가로 돌아온 뒤에는, 부다페스트의 진주 같은 풍경이 조금 더 쓸쓸하게 다가왔다.

국회의사당 광장을 지나니 〈다뉴브 강가의 신발들〉이 보였다. 헝가리에서 희생당한 유대인 수는 수십만에 이른다고 한다. 나치는 부다페스트의 유대인들을 다뉴브강으로 끌고 갔다. 그리고 강 앞에 줄을 세운 다음 신발을 벗게 한 뒤 총으로 쏘았다. 현재 다뉴브강 강가 한쪽에는 홀로코스트의 수많은 피해자를 기리기 위해 여러 켤레 신발 모양 조각상이 놓여있다. 이리저리 놓여 있는 여러 신발의 주인은 다뉴브강에서 생을 마감한 이름 모를 희생자들이다. 자세히 들여다보니 여자와 남자, 어린아이의 것까지 있었다.
슬픈 사연을 가진 신발이 놓여 있는 다뉴브강의 풍경은 여전히 낭만적이다. 어쩌면 다뉴브의 진주라 불릴만한 경관을 가지고 있기 때문에 이런 조각이 더욱더 필요했던 것은 아닐까. 평화로운 풍경에 심취해서 그곳에서 희생당한 사람들을 너무 쉽게 잊어선 안 되니까.

다시 북쪽으로 강을 따라 걸었다. 국회의사당까지 멀어지고 나니 관광객은 거의 보이지 않았다. 십오 분쯤 걸었을까. 가슴이 두근거렸다. 설레어서가 아니라 머르깃 다리에 가까워지면 필연적으로 어떤 커다란 감정을 마주해야 한다고 짐작했기 때문이었다. 하늘은 비가 왔던 첫날보다 맑았다. 강 위로 아주 진한 노을빛이 내렸다. 머르깃 다리가 가까워지니 강가에 작은 물체들이 반짝이고 있는 게 보였다. 2019년 5월 한국인 서른세 명과 헝가리인 두 명을 태운 유람선 허블레아니호가 침몰한 곳을 향해, 〈다뉴브 강가의 신발들〉처럼 그들을 잊지 않기

위한 물건들이 놓여있었다. 수많은 유리병이 다뉴브강을 바라보고 있었다. 흰색, 주황색, 붉은색, 그리고 하얀 꽃. 벽면 곳곳에는 한국어를 비롯한 여러 언어로 쓰인, 언어는 다르지만 같은 마음으로 쓰인 추도의 글도 여러 장 걸려있었다.

홀로코스트 기념관에서 다뉴브강 강가의 신발들을 지나 머르깃 다리에 이르기까지, 부다페스트에서의 슬픔은 끊이지 않고 이어졌다. 강가에 놓인 작은 유리병들이 진한 노을을 받아 눈부시게 반짝였다. 노을이 지는 부다페스트와 다뉴브강, 낯선 이국에서 사고로 세상을 떠난 이들을 추도하기 위한 장소가 시리도록 아름다웠다. 진한 주황빛 풍경이 낭만적이어서 더 마음이 쓰렸다. 여행자는 고작해야 가슴 아파하는 것 이외에는 달리 할 수 있는 일이 없었다.

동유럽
욕실 적응기

부다페스트에서 지낸 숙소는 다세대주택을 개조해서 만든 작은 호스텔이었는데 욕실과 주방, 휴게실이 모두 공용이었다. 헝가리에 도착한 첫날, 샤워 부스에 들어가서 여행의 피로를 씻어내고 있던 때였다. 머리카락 따위로 배수구가 막혔는지, 부스 안으로 물이 고여서 거의 발목까지 잠길 정도가 되었다. 씻은 물이 계속해서 발밑에 고여 있으니 씻으면서 동시에 더러워지는 기분이었다. 나는 샤워 부스의 유리문을 열어젖혔다. 문지방이 아주 낮았기 때문에 고여 있었던 물은 금세 시원하게 부스 밖으로 빠져나갔다.

거의 다 씻어갈 무렵, 거실에서 소란스러운 비명과 웃음소리가 들렸다. 샤워하러 들어올 때 내 또래의 유럽인 여자 일고여덟 명이 거실에서 술을 마시며 떠들고 있었다. 안 그래도 밤인데 너무 시끄럽게 한다는 생각이 들었었는데, 점점 소리가 커졌다. 머리를 헹구면서 새벽까지도 이 정도면 그냥 넘어갈 순 없겠다고 생각했다. 안 그래도 체력 소모가 큰 여행인데 매너 없는 사람들 때문에 잠까지 설칠 순 없었다. 술을 마시며 점점 흥이 올랐는지 웃음소리는 계속 커졌다. 그러다 한 번은 내가 씻고 있는 욕실 문을 두드리기까지 했다.

샤워를 마치고 머리에 수건을 올린 채로 문을 열었다. 금발의 여자와 눈이 마주쳤다. 한 명이 아니라 여러 명이었다. 씻고 나오자마자 이렇게 낯선 여자 여럿에게 둘러싸이는 경험은 처음이라 상당히 당황스러웠다. 그보다 더 당황스러웠던 것은 다름 아닌 숙소의 상태였다. 욕실과 거실을 이어주는 통로는 물바다였고, 여자들이 술을 마시던 휴게실의 테이블까지 물이 흘러넘쳐 있었다. 심지어 거품도 떠다니고 있었다. 욕실에 있었던 사람은 나 하나뿐이었으니 범인이 누구인지는 명확했다.

유럽의 욕실은 일반적으로 건식이다. 샤워 부스나 욕조, 세면대처럼 씻는 공간으로 만들어진 곳을 제외하면 배수구가 없다. 누군가 그건 상식 아니냐고 내게 말했지만, 나는 유럽 땅을 밟은 후에도 얼마간은 그 사실을 몰랐다. 심지어 터키에서 지낸 숙소도 전부 건식 욕실이었는데 나는 십 일 동안 쓰면서도 눈치채지 못했다. 부다페스트의 호스텔도 샤워 부스 밖에 양변기와 세면대가 있었기에 당연히 욕실 바닥에 따로 배수구가 있을 줄 알았다. 내가 샤워 부스의 문을 열어젖히고 안심하며 씻는 동안, 꽉 막힌 배수구로 내려가지 못한 물은 모두 넘쳐서 밖으로 흘러나간 것이다.

숙소에 넘쳐흐르는 물의 잔물결을 보고 있자니 아주 포세이돈이 된 기분이었다. 그 상황이 재미있다는 듯 서너 명의 여자가 배를 잡고 자지러지게 웃었다. 다들 취기가 좀 오른 것 같았다. 큰 밀대를 들고 물을 닦고 있던 한 여자는 왜인지 내게 계속 쏘리라고 했다. 나는 당황해서 잠시 멍하니 서 있었다. 쏘리는 내가 해야 할 상황이었다. 이 여자의 쏘리는 도대체 무슨 의미인가. 화장실에 다 젖은 커다란 수건이 겹겹이 쌓여 있었던 것으로 추측해보자면, 낮에도 한 번 물이 넘친 적이 있었던 것으로 보였다. 배수구를 막은 게 자기들이 한 일이라서 그런 것일지도, 혹은 씻고 나온 사람 앞에서 친구들이 너무 웃어대서 사과하는 건지도 모르겠지만, 어쨌든 그녀와 나는 여러 번 쏘리를 주고받았다.

한 여자는 자기가 지금 나가야 하는데 화장실을 이렇게 만들면 어떡하느냐며 약간 짜증 섞인 어조로 말하기도 했다. 나는 걔한테도 쏘리라고 해야 했다. 그 한마디가 내가 들은 유일한 질책이었는데 엉망이 된 숙소의 모습에 비하면 가벼운 편이었다. 짧은 시간 동안 술에 좀 취한 서너 명의 여자는 주변에서 시끄럽게 웃고 떠들고 누구는 내가 친 사고를 수습하려고 계속 걸레질을 했다. 정신이 혼미해졌다.

곧 돌아오겠다고 한 뒤에, 방으로 들어가서 잠깐 정비를 하고 나오니 그사이 다들 어디로 가버렸는지 숙소가 텅 비어 있었다. 나에게 의문의 사과를 건네던 여자가 두고 간 밀대를 잡으면서 조금 전 샤워할 때 스쳐 갔던 생각을 다시 떠올려봤다.

'새벽까지 너무 시끄럽게 하면 뭐라고 한마디 해야겠지. 샤워하는데 문은 왜 두드리지. 술이 좀 취하면 안에서 모르는 사람이 샤워하고 있어도 양변기를 쓰러 들어오는 사람들인가. 서양식 오픈마인드가 아주 극에 달하면 그렇게 되는 건가. 아니면 신종 인종차별인가? 내가 그냥 당할 줄 알고!'

부끄러움이 밀려왔다. 상황에 대한 무지를 피해망상으로 둔갑시키다니. 부다페스트에서의 첫 번째 밤, 나는 아주 오랫동안 걸레질을 했다.

여행하지 않은 미지의 세계

브람스를 좋아하세요

프랑수아즈 사강의 대표작 중 하나의 제목인 〈브람스를 좋아하세요〉는 소설의 여주인공 폴을 흠모했던 남자 시몽이 폴과 함께 연주회에 가고 싶어 편지에 쓴 질문이기도 하다. 데이트 신청일 뿐인 그 단순한 질문이 폴의 머릿속에 자꾸 맴돌게 된다. 자신이 브람스를 좋아했던가. 의식적으로 브람스의 콘체르토를 듣던 폴은 예전과 달리 음악에도, 소설에도 온전히 집중하지 못하는 자신을 발견하게 된다. 그리고 어떤 질문에 마주치게 된다. '여전히 자신에게 자기 생활 너머의 것을 좋아할 여유가 있기는 한 것일까.'

여행은 새로운 세계를 만나는 일이다. 세계란 물리적으로 존재하는 것들에 국한되지 않는다. 여행자가 여행에서 발견하게 되는 것은 낯선 도시와 약간은 다른 방식으로 살아가는 사람들, 처음 보는 신비스러운 풍경 같은 것들이지만 그것이 전부는 아니다. 여행지에서의 호기심과 예민해진 감수성이 평소에 관심을 가지지 않았던, 혹은 관심을 가질 생각을 하지 못했던 분야에 눈을 뜨게 만든다. 익숙해서 망각하고 있었던 사실을 문득 발견하기도 한다.

여행자가 능동적으로 새로운 세계를 찾아 나서기 때문에 가능한 일이다. 여행자는 알고리즘이 골라준 영상이 재생되기를 기다리며 선택한 적도 없는 광고를 보는 대신, 매일 무얼 보고 들을 것인지 직접 결정해야 한다. 오늘은 어디에 갈까. 미술관에 그림을 보러 갈까, 역사적 장소를 탐방할까, 맛있는 음식을 준비해서 공원에 갈까, 그냥 시가지에서 놀까, 아니면 자연경관이 빼어나다는 명소를 찾아갈까. 또 다음 여행지는 어디로 가야 할까. 모든 길이 낯서니 목적지까지의 이동 방법도 항상 새롭게 찾아야 한다. 당장 점심 메뉴를 고르는 것부터 난이도가 다르다. 직접 결정해야 할 일이 많으니 익숙함에 둔해져 있던 감각이 날카로워진다. 인생은 선택의 연속이라는 성격이 여행에서는 한결 강해진다.

여행을 통해 지구의 다른 땅에 세워진 도시를 직접 밟는 것만으로도 삶의 경계가 확장되는 기분을 느낀다. 조금 다른 삶, 음식, 여가 등을 잠시나마 경험하는 일은 더 넓은 세상으로 여행자를 인도한다. 유난스럽게 '새로운 세계'라 할 만한 장면이 아닌데도 미묘한 차이의 발견이 인식의 변화로 이어지는 일도 있다. 독일 뮌헨의 영국 정원은 이자

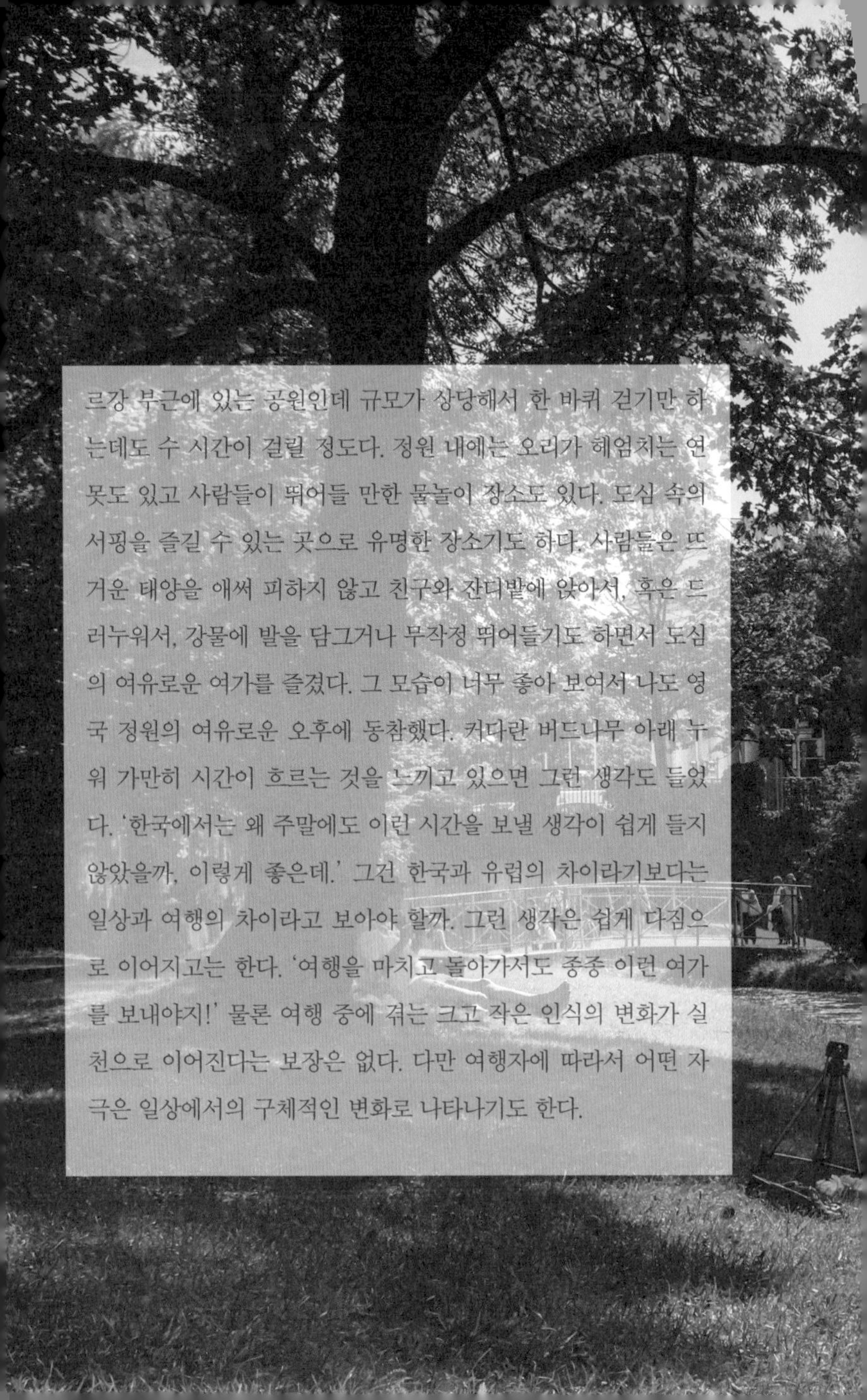

르강 부근에 있는 공원인데 규모가 상당해서 한 바퀴 걷기만 하는데도 수 시간이 걸릴 정도다. 정원 내에는 오리가 헤엄치는 연못도 있고 사람들이 뛰어들 만한 물놀이 장소도 있다. 도심 속의 서핑을 즐길 수 있는 곳으로 유명한 장소기도 하다. 사람들은 뜨거운 태양을 애써 피하지 않고 친구와 잔디밭에 앉아서, 혹은 드러누워서, 강물에 발을 담그거나 무작정 뛰어들기도 하면서 도심의 여유로운 여가를 즐겼다. 그 모습이 너무 좋아 보여서 나도 영국 정원의 여유로운 오후에 동참했다. 커다란 버드나무 아래 누워 가만히 시간이 흐르는 것을 느끼고 있으면 그런 생각도 들었다. '한국에서는 왜 주말에도 이런 시간을 보낼 생각이 쉽게 들지 않았을까, 이렇게 좋은데.' 그건 한국과 유럽의 차이라기보다는 일상과 여행의 차이라고 보아야 할까. 그런 생각은 쉽게 다짐으로 이어지고는 한다. '여행을 마치고 돌아가서도 종종 이런 여가를 보내야지!' 물론 여행 중에 겪는 크고 작은 인식의 변화가 실천으로 이어진다는 보장은 없다. 다만 여행자에 따라서 어떤 자극은 일상에서의 구체적인 변화로 나타나기도 한다.

빈에서 보낸 시간

영국 정원에서의 여유로운 오후보다 멀리 있는 세계와의 접촉이라면, 지극히 당연하게도 유럽 미술관 탐방이었다. 나는 원래 미술에 큰 관심이 없었다. 학창 시절 미술 수업은 내가 '똥손'이라는 것을 일깨워 주는 시간일 뿐이었다. 물론 손재주가 없다는 것이 곧 미술과 관계없는 삶을 의미하지는 않지만, 나는 그대로 반전 없이 미술을 생활 반경 밖에 놓아둔 사람이 되었다. 통상학을 전공하게 된 후로는 딱히 그림을 가까이할만한 계기가 없었다. 스물세 살에 〈역사의 미술관〉이라는 책을 읽었을 때는 서양화에 대한 약간의 흥미가 생기기도 했었지만, 잠깐이었다. 시간이 흘러서는 그 책에서 다루었던 〈레이디 제인 그레이의 처형〉이라는 작품만이 또렷하게 기억에 남아있다. 왕가의 권력 싸움에 휘말린 어린 소녀가 형장의 이슬이 되어 사라지는 슬픈 에피소드를 아주 인상적으로 나타낸 그림이었다. 그 외에는 좋아하는 소설이나 영화의 소재가 된 작품을 조금 알고 있는 정도였다. 클로드 모네의 풍경화나 〈모나리자〉를 비롯한 레오나르도 다빈치의 일부 작품, 김영하의 소설에 등장하는 구스타프 클림트의 〈유디트〉 같은 그림이다. 아주 유명한 작품뿐이어서 '나 이거 알아!' 하기에는 좀 민망한 수준이었다.

그런데 미술에 문외한이었던 나는 어쩐지 빈으로 가는 버스에서부터 조금 들떠 있었다. 유럽에서도 손에 꼽히는 예술의 도시 아닌가! 빈으로 가는 내내 스마트폰으로 빈에 있는 명화와 관련된 글을 찾아 읽었다. 꼭 그래야 한다는 생각은 없었고 지금도 마찬가지지만 그때의 나는 그렇게 행동하고 있었다. 빈에 있는 미술관에 관해서는 피터르 브뤼헐이나 클림트에 관한 이야기가 많았다. 그들의 그림은 작품명은 다소 생소했지만 대부분 어디선가 본 적이 있는 것 같았다. 예를 들어 벨베데레 궁전에는 〈키스〉가 있다고 했다. 작품의 이름도 그린 화가도 몰랐던 사람이라도 누구나 한 번쯤은 보았을 그림. 금빛에 둘러싸인 연인의 모습을 보여주는 그 기묘한 느낌의 그림이 있다고 했다. 여행이 아니었다면 나는 그런 세계에 별다른 관심을 가지지 않았을 것인데, 화가의 삶과 작품에 대한 글을 읽는 것만으로도 꽤 흥미로웠다. 아마 곧 그들이 직접 그린 원작을 눈으로 볼 수 있다는 기대감이 큰 역할을 했을 것이다.

마침내 빈의 미술사 박물관에 입장해서는 오후 시간 내내 작품을 구경했다. 오디오 가이드를 통해 다양한 그림에 담긴 이야기를 듣는 게 재밌었다. 그림 앞에 서는 순간 강렬한 느낌이 전해지는 경우도 있었고, 설명을 듣고 나서야 고개를 끄덕이게 되는, 하지만 '꿈보다 해몽 아닐까?'라는 의심도 하게 되는 그런 이야기도 흥미로웠다. 끊임없이 제공되는 명화와 스토리가 마치 미술관이 아니라 그림이 있는 거대한 이야기책에 들어온 것처럼 느끼게 했다.

브뤼헐의 겨울 풍경화나 벨라스케스, 틴토레토 등이 그린 초상화 앞에서는 한참 시간을 보냈다. 그 유화들의 어떤 점이 좋았는지는 잘 설명할 수 없는데, 보통 빠져드는 그림이라 하면 나를 그런 상태로 만드는 것들이었다. 뭐가 좋은지 깨닫기 이전에 가만히 보고 있게 되는 그런 작품. 오르한 파묵이 쓴 〈내 이름은 빨강〉의 '그림은 이성의 침묵이며 응시의 음악이다.'라는 문장을 또한 그런 의미가 아닐까. 화가들에게는 기본적인 소양이겠지만, 그림을 그릴 때 태양의 위치나 그에 따른 사물 그림자의 길이, 바람이 불어오는 방향까지도 세세하게 신경을 써야 한다는 걸 나는 어느 풍경화를 한참이나 바라보다가 처음 알게 되었다. 전혀 몰랐던 분야에 대해 여러 유명 화가가 직접 그린 원작과 함께 조금씩 알아가는 것. 빈에서 느낀 가장 큰 즐거움 중 하나였다. 보통 감상으로 얻은 즐거움은 말이 통하는 상대가 있을 때

훨씬 커진다. 일행인 K와는 미술사 박물관에서는 거의 따로 관람하고 그날 밤 피자와 맥주를 먹으면서 서로가 봤던 그림이나 유물에 관해서 이야기를 나눴다. 박물관이 워낙 크다 보니 자세히 감상하지 못한 작품에 대해서 서로 설명해주기도 했다. 몇몇 그림을 제외하면 각자 기억에 강하게 남은 작품이 달라서 더 흥미로웠다. 두 사람의 여행에서 가장 좋았던 점은 아주 단순하게도 이야기를 나눌 상대가 있다는 것이었다.

빈 미술사 박물관에 다녀온 다음 날에는 벨베데레 궁전의 오스트리아 갤러리에 갔다. 내부에 갤러리가 있다고는 하지만 일단 궁전이니 미술 작품은 적당히-한두 시간이면 둘러볼 수 있을 정도- 있을 줄 알았다. 그런데 웬걸 벨베데레 궁전에도 상당히 많은 작품이 있었다. 유명하게는 자크 루이 다비드가 그린 〈알프스를 넘는 나폴레옹〉이 있었고, 〈키스〉를 비롯한 클림트의 작품이 여러 점 있었다. 누군가에게는 좀 어이없게 들리겠지만 나는 그 앞에서 '클림트는 그림을 참 잘 그렸구나' 하고 생각했다. 한 가지 아쉬웠던 점은 유디트가 다른 전시회로 '출장'을 가서 없었다는 것이다. 마침내 클로드 모네의 풍경화도 직접 보

게 되었다. 형체가 또렷하지 않은 풍경화의 몽환적이면서도 서정적인 분위기가 사람을 매혹하는 데가 있었다.
빈의 박물관이나 궁전의 입장료는 보통 십오 유로 즈음했다. 어느 곳이나 돈이 전혀 아깝지 않을 정도로 볼거리가 많은 것은 장점이었지만, 나 같이 일반적인 취향의 여행자를 좀 지치게 만들기도 했다. 그저 원작을 직접 보는 것만으로도 감동하게 되는 유명한 그림들을 시간 가는 줄도 모르고 감상했지만 이틀간 미술사 박물관과 벨베데레를 연이어 다녀온 뒤에는 '당분간은 미술관은 안 가도 되지 않을까'라는 생각도 하게 되었다. 이틀 동안 그림을 보면서 보낸 시간이 거의 열 시간이었다. 오디오 가이드를 통해 그림에 대해 너무 많은 이야기를 들어서 강렬했던 몇 작품을 제외하면 뭐가 뭐였는지 도리어 헷갈릴 지경이었다.
빈에서 보낸 길지 않은 시간은 대부분 그렇게 흘렀다. 낮에는 미술관에 가서 그림을 보고 해가 지면 여기저기에 놀러 다녔다. 〈비포 선라이즈〉에 나온 대관람차로 유명한 프라터 공원에 다녀왔고 다른 날에는 빈 시청사 앞 공원에서 열린 노천 시장에서 공연을 봤다. 호텔 자허에 가서 원조라는 자허토르테와 비엔나커피(아인슈페너)도 마셨다. 그리고 숙소에 가서 그날 봤던 그림에 관해 이야기하면서 맥주를 마셨다. 예술 작품을 감상하는 차분한 낮에서 시끌벅적한 밤으로 이어지는 하루가 빈 여행의 매력이라면 매력이었다.

잘 알려진 내용이지만 한 번은 짚고 넘어가야 할 사실이 있다. 유럽의 유명 미술관, 박물관 등에는 과거에 다른 나라를 침략하여 빼앗은 예술품이 상당히 많이 전시되어 있다. 오늘날 문화재의 환수는 상당히 복잡한 문제가 되었지만, 루브르나 대영박물관 등 세계 최대로 꼽히는 박물관의 소장품 중 상당수가 원래 있던 자리에 놓여 있는 것이 아니라는 사실을 기억할 필요가 있다. 전 세계에서 약탈—값을 치르고 가져온 경우도 있다—한 문화재를 보면서 '이런 게 있다니 유럽은 참 멋진 곳이야.'라는 평가를 하는 것은 불공정한 일이다. 한국도 일본과 프랑스 등에 빼앗긴 문화재가 수만 건에 이른다.

오스트리아와 관련해서도 예술품 환수의 유명한 사례가 있다. 오스트리아의 모나리자라 불렸던 작품인데, 몇 년 전까지만 해도 빈의 벨베데레에 있었지만, 지금은 뉴욕 노이에 갤러리에 있다. 〈아델레 블로흐-바우어의 초상〉이라는 구스타프 클림트의 작품이다. 그림의 모델인 아델레가 사망한 후 그의 가족들이 그림을 소유했다. 그런데 그들은 유대인이라는 이유로 나치가 오스트리아를 합병했을 때 재산과 함께 클림트의 그림을 여러 점 빼앗겨야 했다. 시간이 흘러 아델레의 조카 마리아는 오스트리아 정부를 상대로 한 수년간의 소송 끝에 그림들을 돌려받을 수 있었다. 이후 오스트리아의 모나리자는 에스티 로더 창업주의 아들 로널드 로더에게 약 천오백억 원 상당의 금액으로 판매되어 지금은 미국에 있다. 아델레의 초상화가 오스트리아를 떠나는 날이 다가오던 때, 빈 시내 곳곳에는 'CIAO ADELE(잘 가 아델레)'라는 현수막과 포스터가 내걸려있었다고 한다.

영화 〈우먼 인 골드〉는 〈아델레 블로흐-바우어의 초상〉과 관련된 분쟁을 다룬다. 영화는 실화를 바탕으로 과거 나치의 범죄와 같은 역사적 잘못과 그 아래 고통을 겪어야 했던 사람들, 그리고 현재까지 이어지는 아픔과 잘못에 관한 인정이 예술품 환수 문제와 어떤 관련이 있는지를 보여준다. 오스트리아의 모나리자가 벨베데레 궁전을 떠나게 된 이야기는 과거의 잘못과 속죄에 관한 현재의 이야기라는 점에서 여전히 돌려받아야 할 문화재가 있고, 일본으로부터 과거 일제의 반인륜적 범죄 행위에 대한 인정과 진정성 있는 사과를 받지 못한 우리와도 무관하지 않을 것이다.

미술관에서 오후를 보내는 일

나는 빈을 떠난 이후로도 몇 번 더 미술관이나 박물관에 갔다. 유럽에서 유명한 전시를 모두 본다는 것은 보통의 여행자에게는 말도 안 되는 일이라는 것을 깨닫고 나서는 적당히 보고 싶은 곳만 골라서 갔다. 처음에는 미술관에서 보고 들은 내용을 기억하려고 애쓰기도 했다. 그런데 점점 미술관에서 보내는 그 한때가 즐거우면 그만이라고 생각하게 됐다. 잊으면 뭐 어떻단 말인가. 그런다고 다 사라지는 것도 아닌데. 그렇게 생각하니 미술관에서 시간을 보내는 게 조금 더 편안해졌다.

특히나 입장료가 무료인 박물관이나 미술관은 나 같이 주머니가 가벼운 배낭여행자가 오후를 보내기 좋았다. 영국에는 특히 입장료를 받지 않는 곳이 많았는데, 런던의 내셔널 갤러리와 대영박물관이 대표적이다. 개인적으로 에든버러에 있는 스코틀랜드 국립박물관은 참 재밌는 곳이었다. 패션, 과학, 인공지능, 자연, 동물 등 다양한 분야를 망라한 볼거리와 체험관이 있었다. 런던에서는 고흐의 〈해바라기〉와 모네를 비롯한 인상파, 다빈치의 작품 등을 기대하며 트라팔가 광장의 내셔널 갤러리를 찾아가기도 했다.

그런데 한참 구경을 하다가 덜컥 몹시 익숙한 그림을 마주쳤다. 폴 들라로슈가 그린 〈레이디 제인 그레이의 처형〉이었다. 실제와 다르게 그려졌다고는 하지만 하얀 붕대로 눈을 가린 채 형틀에 목을 올려놓을 준비를 하는 소녀의 모습이 비통하기 그지없었다. 제인 그레이 양쪽으로 배치된 도끼를 든 사형집행인과 비탄에 잠긴 두 궁녀의 모습은 비극적인 미래를 상상하게 했다. 당시 영국은 여섯 차례나 결혼했던 헨리 8세 이후의 왕위 계승과 종교 대립이 뒤섞인 문제로 혼란스러웠다고 한다. 헨리 8세의 유일한 아들이었던 에드워드 6세는 자식 없이 요절했는데, 신교도 세력을 유지하고자 했던 이들의 계략으로 헨리 8세의 자녀가 아닌 제인 그레이가 왕위에 오르게 된다. 정작 그녀는 왕위에 욕심이 없었는데, 시아버지와 가족들의 권력욕으로 어쩔 수 없이 여왕이 되었다고 알려져 있다. 제인 그레이는 구 일 만에 폐위되고 다음으로 왕위에 오른 사람은 헨리 8세의 장녀이자 로마 가톨릭 세력의 왕위 계승자, 훗날 '피의 메리'라고 불리게 되는 메리 1세였다. 메리는 당시 십칠 세였던 제인 그레이를 런던탑에 유폐하는 대신 목숨을 살려주었다. 그러나 이듬해에 또다시 반란이 일어나고 제인 그레이의 아버지가 가담한 것이 밝혀지면서 마침내 메리는 제인 그레이의 처형을 명하게 된다. 그 마지막 순간을 그린 것이 〈레이디 제인 그레이의 처형〉이다. 처음으로 실제로 보고 싶다는 생각이 든 그림이었는데, 예상치 못한 곳에서 만나게 되니 무척 반가웠다.

방문하는 횟수를 줄이고 마음가짐도 조금 더 가볍게 했건만, 나는 루브르에서 다시 한번 녹초가 됐다. 수십 명이 몰린 채로 몇 초만 감상하고 나와야 하는 〈모나리자〉와 〈밀로의 비너스〉가 있었고, 아주 가치 있는 것이라 하는 수많은 유물과 그림들이 있었다. 온종일 오디오 가이드를 통해 흥미로운 이야기를 많이 들었다. 마찬가지로 몇 가지 인상적이었던 내용을 빼면 대부분 잘 기억은 나지 않는다. 분명 브런치를 먹은 다음에 신나서 관람을 시작했는데, 밖으로 나올 때는 어느덧 해가 저물어 있었고, 왠지 상당히 지쳐있었던 것은 또렷이 기억이 난다. 그래서 파리에 머무는 동안 정작 모네의 〈수련〉 연작이 있는 오랑주리 미술관에는 가지 않았다. 대신 그 시간에 센강을 조금 더 걷기로 했다. 정말이지 유럽에는 유명한 미술관이 너무 많은데, '여기까지 왔는데 다 가봐야 할 것 같아'라는 강박을 버리지 못하면 어느 순간 여행은 고행으로 변했을지도 모른다. 어쩌면 나에게 미술관에서 오후를 보내는 일은 취향에 꽤 적합하기는 해도, 유럽의 그 수많은 미술관을 모두 찾아가 몇만 원씩 내고 매번 반나절 동안 둘러볼 만큼 심취할 정도는 아니었던 것이다. 여행은 이런 과정을 통해 새로운 나를 발견하는 동시에 자신을 조금 더 잘 알게 한다.

직접 경험해야만 알 수 있는 세계

사실 루브르도 마지막은 아니었다. 암스테르담에서 또다시 미술관에 갔다. 암스테르담에는 반 고흐 미술관이 있다. 미술관 전체가 한 사람을 주제로 한다는 점이 호기심을 끌었다. 그때까지 내가 다녀온 유럽의 박물관은 여러 화가의 작품이나 유물을 경쟁하듯 모아 놓은 곳이 대부분이었다. 나는 빈센트 반 고흐의 이야기—고흐에 관한 서술은 대부분 반 고흐 미술관의 가이드에 입각한 것이며 그의 삶에 관해서는 여러 가지 추측과 서로 다른 견해가 있다—가 궁금했다.

직접 경험해야만 알 수 있는 세계가 있다. 그리고 그 세계란 물리적 공간이 아닌 어느 한 사람의 인생이 될 수도 있다. 나는 이번 여행에서 고흐에 대한 인식을 수정해야 했다. 원래 반 고흐의 그림과 삶 또

MUSÉE DU LOUVRE

한 대중적으로 잘 알려진 사실 이외에는 아는 바가 많지 않았다. 〈별이 빛나는 밤〉이나 〈해바라기〉처럼 아주 유명한 그림 몇 가지와 살아생전에는 화가로서 명성을 얻지 못했으며, 자살로 생을 마감했다는 것—타살 의혹도 있다—, 그리고 '귀 절단 사건' 정도만 알고 있었을 뿐이었다. 고흐가 동료 화가이자 친구였던 고갱과 말다툼을 벌인 뒤 면도칼로 자신의 귀를 잘랐고, 잘린 귀를 사창가의 여자에게 가져다주었다는 이야기. 그래서인지 나는 고흐를 잘 모르면서도 그의 작품이 비운의 천재 화가가 만들어낸 정서적 불안과 광기의 산물이라고만 생각하고 있었다.

반 고흐 미술관은 그 이름에 걸맞게 고흐의 삶 전반에 관한 이야기를 들려준다. 고흐가 남긴 수많은 유화를 순차적으로 감상하며 그의 삶을 따라갔다. 정말로 고흐는 약간 미친 구석이 있었지만, 대부분의 위대한 예술가들이 그렇듯 그는 단지 그림을 그리는 일에 미쳐 있었을 뿐인지도 모르겠다. 캔버스 위에 자신만의 색으로 세상을 담아내기 위해 고흐가 수년간 부단히 노력했던 모습을 볼 수 있었다.

오래도록 시선을 멈추게 하는 작품 중에는 프랑스 아를에서 지내던 시기에 그린 것이 많았다. 〈해바라기〉가 대표적이다. 고흐가 그린 자신의 집과 침실은 보는 이로 하여금 아를에서 고흐가 보낸 시간을 상상하게 했다. 〈노란 집〉을 볼 때는 왠지 새파란 하늘 아래 어디에선가 고흐가 그림을 그리고 있는 모습도 보이는 것만 같았다. 〈고흐의 방〉을 보고 있으면 창을 활짝 열고 그 아래 테이블에서 커피를 마시고 싶은 기분도 들었다.

다른 화가들을 불러 함께 지내고자 했던 아를에서 고흐는 새로운 희망에 젖기도 했던 것 같다. 하지만 그를 찾아준 동료는 고갱뿐이었다. 고흐는 〈해바라기〉를 그리던 잠깐의 평화로운 시간 뒤에 고갱과도 크게 싸우게 되었다. 결국 고흐가 자신의 귀를 자르는 이야기를 들을 때는 그의 희망이 부서진 것 같아 안타까우면서도 범상치 않은 행보가 섬뜩하게 느껴지기도 했다. 동생 테오는 자신의 후원으로 생활을 하던 형이 정신병원에 입원하게 되었을 때 어떤 생각을 했을까? 생 레미의 병원에 있는 고흐에게 보내는 편지에서 테오는 말한다. '우린 아이를 형의 이름을 따서 빈센트라 부를 거야. 이 아이 역시 형처럼 강직하고 용감하기를 진심으로 기원하고 있어.'(반 고흐 영혼의 편지, 예담)

고흐는 테오에게 소식을 들은 뒤 무척 기뻤던 것 같다. 곧 조카 빈센트의 탄생을 축하하며 그림을 선물한다. 〈꽃 피는 아몬드 나무〉라는 그림인데, 정신병원에 입원한 시기에 그렸다는 게 믿기지 않을 만큼 보고 있으면 마음이 편안해지는 그림이었다. 미술관의 안내에 따르면 고흐는 입원한 뒤로도 주로 정신이 멀쩡할 때 그림을 그렸다고 한다. 정식으로 미술교육을 받지 않았던 고흐는 아마도 천재였겠지만, 부단히 노력하는 사람이었던 것 또한 확실했다. 고흐의 삶과 죽음에 대해서는 갖가지 추측과 가정이 난무하며 나는 미술관의 설명 또한 백 퍼센트 진실이라고 믿지는 않는다. 그러나 그가 십 년 남짓한 기간 동안 그린 팔백여 점의 그림만큼은 추측도 가정도 될 수 없다.

고흐가 남긴 수많은 그림은 광기나 정신병으로 인해 탄생한 것이 아니라는 말로 반 고흐 미술관의 가이드는 마무리된다. 생전에 큰 인정을 받지 못했음에도 자신만의 시각을 캔버스 위에 펼쳐 보이기 위해 묵묵히 화가의 길을 걸었던 고흐의 삶이 고스란히 남아있는 곳이었다. 전 세계 여행자들이 암스테르담에 자신의 그림을 보러 온다는 것을 고흐가 알면 무어라고 말할까. 그리고 사후의 성공이란 과연 얼마만큼의 의미가 있는 것일까.

여행하지 않은 세계는 미지의 행성으로 남는다. 여행을 다니기 시작한 후와 그 전을 비교하면 나는 모르는 채로 살아온 것이 많았다. 딱히 지금 와서 아쉬워할 일은 아니다. 다만 이제는 여행을 통해 새로운 분야에 관심을 가질 수 있게 된 것이 마음에 든다. 그리고 몰랐던 나에 대해서 조금 더 알게 된 것도, 주말을 보낼 조금 다른 방법을 생각할 수 있게 된 것도, 고흐에 대한 왜곡된 시선을 바로 잡을 수 있었던 것도 좋다. 나는 이런 사소한 변화가 바로 여행이 삶의 경계를 넓히는 과정이라고 생각한다.

어쩌다 보니 좋아하던 것을 잊고 살아온 사람이 비단 〈브람스를 좋아하세요〉의 폴뿐일까. 지금의 한국이야말로 생활 반경 너머의 무언가를 즐기기에는 너무 바쁜 사회가 아닐까. 그래서 많은 사람이 자신에게 부여된 사회적 정체성의 틀에서 벗어나기 위한 수단으로 여행을 찾는지도 모르겠다. 하지만 나를 바쁘게 만드는 건 과연 누굴까 하는 생각도 든다. 정말 생활 반경 밖의 일에 관심을 두는 여유를 가지는 게 불가능한 곳에 사는 걸까? 인생을 좀 더 신나게 해 줄 취향을 발견하기 위해 반드시 비행기를 타고 멀리 떠나야만 한다고 생각하지는 않는다.

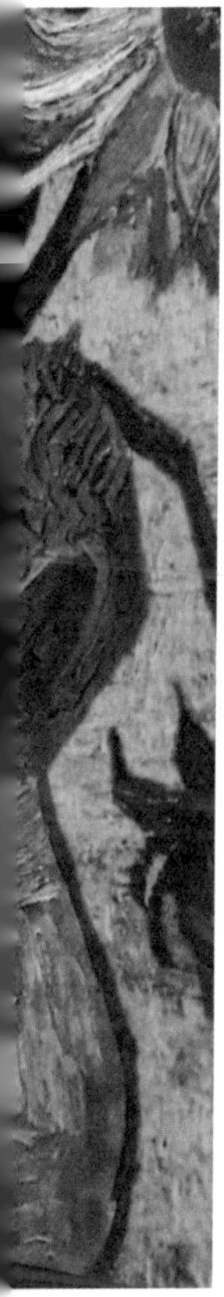

여행을 마치고 돌아온 뒤에도 나는 가끔 '급한 일'을 팽개치고 딴짓으로 눈을 돌리고 있다. 이를테면 직접 찍은 사진으로 직접 엽서를 만들거나, 주말에 전시회를 찾아가는 일도 부쩍 많아졌다. 그런데 시간이 흐르면 '당장의 생활에 가시적인 효과가 없는 것들을 좋아하는 일'을 다시 망각해버릴지도 모른다. 사실은 이미 많은 취향을 잃어버린 것도 같다. 어쩌면 그런 '도움 안 되는 일'이야말로 즐거운 삶을 위해서 꼭 필요한 것일지도 모르는데.

가끔은 망각에서 벗어나게 해 줄 질문을 해볼 필요가 있다. 반 고흐를 좋아하세요? 사강의 소설을 좋아하세요? 혹은, 언제 다시 여행을 떠날 거예요? 같은 질문들.

또 다른 속도의 여행

여행 중의 휴일

"난 좀 쉬어야겠어." K가 그렇게 선언한 것은 프라하 구시가지의 어느 카페에서 커피를 마시던 때였다. 터키의 두 도시, 동유럽의 세 도시를 여행한 뒤였다. 아직 여행은 한 달 넘게 남아있었다. 한국에서의 K는 원래 주말 중 하루는 꼭 '방콕'을 하며 다시 일주일을 살아낼 에너지를 충전하는 사람인데, 거의 스무날 동안 온종일 돌아다녔으니 좀 많이 지친 것 같았다. 나도 그즈음에는 관광명소나 볼거리가 별로 없는 조용한 도시에 며칠이나마 머무르고 싶다는 생각이 있었으므로 함께 구글맵을 찾아보기 시작했다.

프라하에서 보내는 마지막 밤 우리가 내린 결정은 뮌헨을 여행 후 프라이부르크라는 도시에 가서 좀 쉬자는 것이었다. 바르셀로나로 가는 비행기를 타기로 예정되어 있었던 취리히와도 가까운 곳이었다. 한국인 선수가 축구팀 SC 프라이부르크에서 뛴 적이 있다는 것, 방송 〈알쓸신잡〉에서 한 번 갔다 왔다는 것 정도가 아니면 생소한 도시였지만 한 번 가보기로 했다. 뮌헨에서 프라이부르크까지는 버스로 다섯 시간 정도 걸렸다. 버스에서 프라이부르크에 관해 조금 알아보았는데, 무엇보다 친환경 도시의 선두주자 격이라는 말이 많았다. 90년대 독일의 환경 수도로 선정되었으며, 도시의 일조량이 풍부하여 태양열 에너지를 적극적으로 이용하고 있었다. 도시를 수식하는 표현 또한 '태양의 도시'였다. 〈알쓸신잡〉에서도 잡학박사들이 보봉이라는 이름의 친환경 마을을 방문하는 모습이 나왔다. 거기에서는 '헬리오트롭'이 나오는데, 태양을 따라 건물이 회전하면서 태양광을 모아 자체 생산한 에너지로만 생활하는 주택이라고 했다. 프라이부르크에서는 바쁘게 다닐 생각이 없었으므로 친환경 마을이나 헬리오트롭은 그저 시간이 나면 가봐야겠다고 생각했다.

프라이부르크 중앙역에 도착했을 때는 이미 늦은 밤이었다. 숙소가 번화가에서 조금 떨어진 곳이어서 트램을 타야 했다. 그런데 집을 찾으려고 주소를 자세히 살펴보니 익숙한 명칭이 보였다. 'Vauban'. 숙소가 있는 곳이 친환경으로 유명하다는 보봉 마을이었다. 조용한 곳에 있고 싶다는 것과 중심가보다 저렴한 숙박비 때문에 선택한 곳이었는데 기분이 좋았다. 방송에서도 굳이 찾아간 곳이라고 하니 그래도 좀 괜찮은 곳에 머무르게 됐다는 생각도 들었고, 세계적으로도 손에 꼽는 친환경 마을이라고 하니 휴식이라는 목적과도 잘 어울리는

GOLDSCHMIEDE
4
Messe
247
247

듯싶었다.

프라이부르크에서의 첫 아침은 없었다. 눈을 뜨니 오후 두 시가 넘어있었다. 알람을 맞추지 않고 잤더니 그간 몸에 쌓인 수면 빚을 갚느라 그랬는지 한참 동안 일어나지 못했다. 느긋하게 트램을 타러 갔다. 프라이부르크 자체가 인구가 많지 않은 도시인데, 보봉 또한 거리가 한적했다. 도로는 널찍한데 반해 다니는 차도 적었다. 한창 바쁠 시간에도 평화로운 마을의 분위기가 마음에 들었다. 트램을 기다리고 있는데 웬 남자가 맨발로 거리를 다니고 있는 게 보였다. 또 다른 남자는 자전거 뒤에 유모차를 연결하여 열심히 페달을 밟으며 지나갔다. 아기는 곤히 잠을 자고 있었다. 생소한 장면들이 친근하게 다가오는 곳이었다.

또 마음에 들었던 것은 시내 중심가에 차량 통제 구역이 상당히 넓어 보인다는 것이었다. 자동차 대신 트램이 다녔고 자전거를 이용하는 사람이 정말 많았다. 천천히 걸어 다니며 구경하기에 더없이 좋은 환경이었다. 거리에 베히레리고 불리는 인공수로가 흐르는 것도 독특했다. 오래전에는 소방수 등의 용도로 사용되었는데 지금은 여름철에 도시의 온도를 낮춰주는 역할을 한다고 했다. 살펴보니 수로에 장난감 배를 띄워놓고 노는 아이들이 많았고 발을 담그고 모여 있는 사람들도 있었다. 베히레는 온도 조절만이 아니라 평화로운 도시의 분위기를 만드는데도 크게 한몫하고 있는 듯했다.

번화가를 적당히 걸어봤으니 이제 남은 것은 음식이었다. 뮌헨 호프브로이하우스에서 맥주를 마셨을 때의 분위기가 기억에 남아서, 프라이부르크에서도 나름 유명하며 양조장이 있다는 비어가르텐(노천 테이블이 있는 맥줏집)을 찾아갔다. 음식을 시키기 전에 맥주 먼저 시켰다. 주문이 많은 식당에서는 우선 음료 주문부터 받는 경우가 꽤 흔한 것 같았다. 그런데 식당을 잘못 찾아왔는지 슈니첼이나 소시지 같은 종류가 있을 줄 알았는데 메뉴판에는 식사로 적당한 음식이 없었다. 디저트나 샐러드 종류는 영 당기지 않아서 빈속에 생맥주만 500cc를 마시고 나왔다. 속이 빈 상태여서인지 그 정도로도 취기가 오르는 것 같았다.

다시 식당을 찾았다. 케밥과 피자를 파는 작은 가게가 눈에 띄었다. 메뉴판만 보아도 질리는 느낌이었지만, 터키에서 독일까지 여행하는 동안 가격으로나 맛으로나 실패할 확률 없이 제일 무난한 음식이 케밥이었다. 다만, 여행 초반과 달리 케밥의 '케'자만 들어도 웩 소리가 나올 지경이어서 아라비아따 피자를 시켰다. K는 차라리 케밥을 한 번 더 먹는 게 낫겠다며 전날 밤에 이어서 또 케밥을 시켰다. 함께 여행했는데 한 명은 케밥을 더는 못 먹게 되었고, 한 사람은 피자와 햄버거를 먹지 못하게 되었다. 토핑이 많은 피자는 아니어서 배가 부른 것도 아닌데, 다섯 조각을 겨우 먹고 세 조각은 남겼다. 피자가 남았어도 K는 한 입조차 대지 않았다. 남겨진 피자 앞에 앉아있던 K와 나는 다른 테이블에 앉은 유럽인들이 피자를 '1인 1판'으로 주문하는 걸 보며 느끼해 하면서도 감탄했다.

식사하는 동안에도 친환경 도시라는 타이틀에 걸맞게 자전거를 탄 사람들이 계속해서 지나갔다. 자전거를 이용하는 비율이 이렇게 높은 도시는 처음 보는 것 같다는 생각이 들 만큼 자전거가 많았다. 그 모습을 보면서 도시가 이렇게도 굴러가는구나, 생각도 들었다. 식사를 마치고도 자리에서 지나가는 사람들을 보면서 시간을 보냈다. 고작 하루밖에 지나지 않았는데도 거리가 낯설지 않았다. 도시의 시간이 흐르는 것을 가만히 지켜보고 있으면 이방인이라도 마음이 편안해지는 곳이었다.
느끼한 식사 후 커피를 마셨다. 어디에서도 질리지 않는 먹거리가 있다면 커피였고 그것은 참 다행인 일이었다. 노트를 꺼내 이것저것 끄적거리며 시간을 보냈다. 금세 저녁이 되어서 좀 걸으려는데 비가 쏟아졌다. 비를 피해 중앙역으로 갔더니, 카페도 있고 서점도 있고 문구점도 있어서 조금 놀러 다녔다. 관광명소도 좋지만, 일상적인 장소를 구경하는 것도 소소한 재미가 있었다. 맥주 먹기, 케밥과 피자 먹기, 사람들 구경하기, 커피 마시기, 책과 엽서 구경하기, 프라이부르크 여행의 첫날 동안 한 일의 전부였다.

프라이부르크에서 유일하게 힘들었던 것은 아무래도 음식이었다. 프라이부르크 때문이라기보다는 그냥 그럴 시기가 된 것이었다. 설상가상으로 보봉 마을의 아늑한 숙소에서는 조리가 불가능했다. 커피포트조차 없어서 컵라면을 먹을 수도 없었다. 그런데 꼴레뇨든 슈니첼이든 슈바인학센이든 더는 먹을 엄두가 나지 않았다. 다른 음식을 좀 먹어야 다시 입맛이 돌 것 같았다. 처음 동유럽 여행을 시작했을 때는 현지 음식들이 참 맛있었는데, 이제는 느끼하고 짠맛에 질려서 각국의 맛있는 생맥주를 곁들인다 해도 더 먹기가 힘들었다. 부다페스트 그레이트 마켓 앞의 펍에서 먹은 굴라쉬 같은 음식이라도 있었으면 좋았을 텐데. 여행이 길어지면서 알게 된 점 중 하나는 아무리 내가 평소에 양식을 좋아한다고 한들, 그건 한식을 마음껏 먹을 수 있는 환경이 갖추어졌을 때의 입맛일 뿐이라는 것이었다.

또 한 차례 비가 내린 날, 저녁을 먹지 않았지만 우산도 없고 현지 음식을 먹고 싶지도 않아서 일단 숙소로 돌아왔다. 조리도구가 하나도 없는 숙소라서 한인 마트에서 사둔 한국 라면을 먹을 수도 없었다. 그래도 배는 고프니 캐리어에 들어 있는 참치캔과 햇반에 자꾸 눈이 갔다. 이십 유로짜리 슈니첼을 떠 올릴 때보다 훨씬 입맛이 당겼다. 흰밥에 고추 참치만 비벼 먹어도 얼마나 맛있을까. 조리도구가 없는 숙소에서 새로이 배운 한 가지는, 헤어드라이어로 햇반을 데워 먹는 게 가능하다는 사실이었다. 시간이 좀 걸릴 뿐.

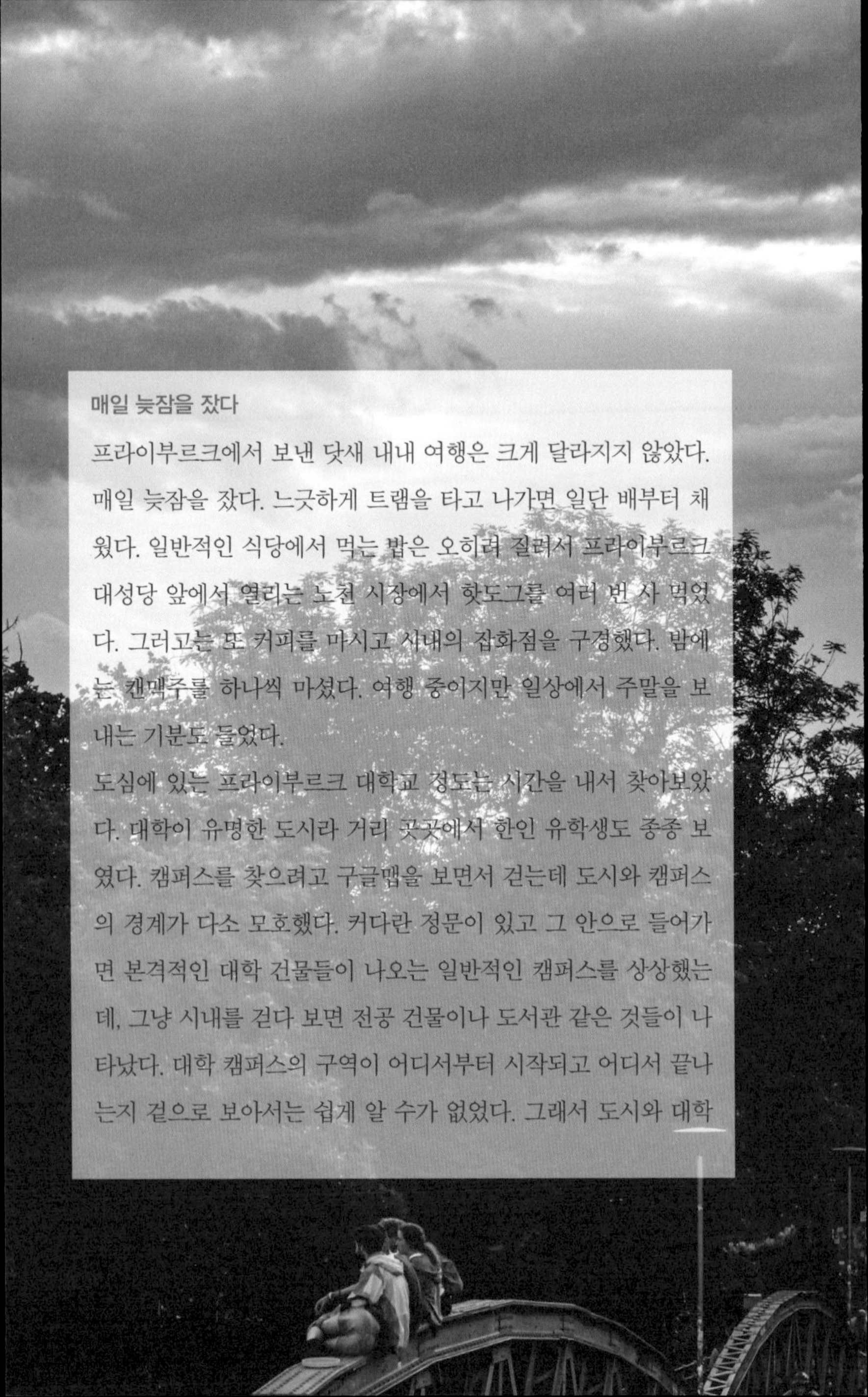

매일 늦잠을 잤다

프라이부르크에서 보낸 닷새 내내 여행은 크게 달라지지 않았다. 매일 늦잠을 잤다. 느긋하게 트램을 타고 나가면 일단 배부터 채웠다. 일반적인 식당에서 먹는 밥은 오히려 질려서 프라이부르크 대성당 앞에서 열리는 노천 시장에서 핫도그를 여러 번 사 먹었다. 그러고는 또 커피를 마시고 시내의 잡화점을 구경했다. 밤에는 캔맥주를 하나씩 마셨다. 여행 중이지만 일상에서 주말을 보내는 기분도 들었다.

도심에 있는 프라이부르크 대학교 정도는 시간을 내서 찾아보았다. 대학이 유명한 도시라 거리 곳곳에서 한인 유학생도 종종 보였다. 캠퍼스를 찾으려고 구글맵을 보면서 걷는데 도시와 캠퍼스의 경계가 다소 모호했다. 커다란 정문이 있고 그 안으로 들어가면 본격적인 대학 건물들이 나오는 일반적인 캠퍼스를 상상했는데, 그냥 시내를 걷다 보면 전공 건물이나 도서관 같은 것들이 나타났다. 대학 캠퍼스의 구역이 어디서부터 시작되고 어디서 끝나는지 겉으로 보아서는 쉽게 알 수가 없었다. 그래서 도시와 대학

이 더 조화롭게 느껴지기도 했다. 유리로 덮인 독특한 디사인의 대학 도서관 근처의 광장에서는 학생을 비롯한 시민들이 바닥 아무 데나 모여 앉거나 그냥 드러눕기도 하면서 맥주를 마시고 있던 게 인상 깊었다. 이들의 삶이 유난히 더 여유로워 보이는 것도 내가 여행자로서 한 발짝 떨어져서 관찰했기 때문인 걸까?

한량처럼 여행했던 프라이부르크에서도 강렬하게 기억에 남는 장소가 있었다면 블루 브릿지였다. 프라이부르크 중앙역 인근에 있는데, 사람들이 철근 구조물 위로 올라가서 사진을 찍거나 수다를 떨고는 했다. 높이가 꽤 되어서 위험한 면도 있지만, 직접 올라가 보면 경치도 좋고 다리 끝에 있는 초록색 첨탑을 가진 성당도 볼 수 있어서 아찔한 낭만이 있는 곳이었다. 느낌이 좋아서 몇 번이나 오르락내리락 하니 현지인들이 왜 거기까지 올라가서 수다를 떠는지 알 것도 같았다. 여행에서는 특별할 일 없는 현지인의 일상을 따라 해보는 것이 특별한 순간이 되기도 한다.

대학교와 블루 브릿지 외에는 굳이 시간을 내서 어떤 명소를 찾아가지는 않았다. 런던이나 파리 등 유럽의 메이저급 여행지들과 비교하면 유명한 관광지가 그렇게 많은 도시도 아니었고 애초에 그래서 온 곳이었다. 그런데 번화가를 걷던 중, 한 번은 지도에 표시되지 않는 것을 찾기 위해 헤맨 적이 있었다. 〈슈톨퍼슈타인〉이라는 것인데, 우리말로는 걸림돌이라고 한다. 나치에 희생당한 사람들을 추도하기 위해 만들어진 것으로, 거리 바닥 곳곳에 약간 튀어나오게 설치된 돌이다. 프라이부르크를 비롯한 홀로코스트의 희생자들이 살았던 몇 개의 도시에 설치되어 있다고 한다. 실제로 걸려 넘어질 정도로 튀어나와 있는 것은 아니어서 의식적으로 찾기 시작한 뒤에야 보였다. 거리 바닥에서 홀로 색이 다른 돌을 발견하여 가까이 가보면 글씨가 몇 자 적혀있었다. 희생자의 이름, 출생, 사망 등에 관한 정보라고 하는데, 길을 걷다가 이 돌에 발이 걸리면 잠시라도 희생자들을 기억하자는 취지로 만든 것이라고 한다. 잊어서는 안 되는 역사라면 이렇게 삶 가까이에 흔적을 새겨놓아야 한다.

나는 내가 시간을 낭비하면 안 된다는 강박감이 있는 사람은 아니라고 생각해왔다. 그런데도 여행 중에 휴식하겠다는 것이 그렇게 마음 편한 결정은 아니었다. 유럽까지 와서 별일 하지도 않고 4박 5일이나 보낸다는 게 무언가를 낭비하는 건 아닐까, 하는 생각도 했었다. 특히

MARKTHALLE
KIESER TRAINING
LACOSTE
ace & tate
Schöffel
KIESER
TRAINING

가볼 도시도 볼거리도 많은 유럽이니 하루 중 몇 시간도 아니고 며칠을 통째로 쉬어도 될까 싶었다. 다행히 프라이부르크에서 그렇게 느긋하게 보낸 시간 또한 방식과 속도가 조금 달랐을 뿐, 조금 다른 삶을 접해보는 하나의 여행이었음을 이제는 확실하게 안다. 물론 프라이부르크처럼 평화롭고 쾌적하면서도 도시의 분위기가 젊고, 또 조용한 듯 있을 것은 다 있는 곳을 쉬어가는 여행지로 선택했던 것이 큰 행운이었다. 좀 쉬고 싶다던 K 또한 충분히 충전된 것 같았고, 내게도 여행이 바쁘게 여러 명소를 정복해야만 만족스러운 일이 아니라는 것을 다시 확인할 수 있는 시간이었다.

연착, 불운과 땀

나쁜 일은 꼭 한 번에

다음 목적지인 바르셀로나로 가는 비행기를 타기 위해 취리히 공항으로 가야 했다. 독일 남부 도시인 프라이부르크와 스위스 북부 도시인 취리히는 그리 멀지 않았다. 버스회사에서도 편도 약 두 시간 여정으로 공시하고 있었다. 그래도 넉넉하게 오후 두 시 이십 분에 프라이부르크에서 출발하는 버스를 예매했다. 네 시 반에 취리히 중앙역에 도착한다면 스위스에서 식사도 하고 한두 시간이나마 시내 구경도 할 수 있으리라 생각했다.

그런데 스위스로 넘어가는 국경 부근부터 도로가 꽉 막혔다. 정체가 너무 심해서 명절인가 싶어 검색을 해봤지만, 그냥 평일이었다. 원체 여유롭게 출발했으니 비행기 탑승에 지장이야 없을 것이라고 믿으며 버스에 몸을 맡겼다. 그런데 세 시간쯤 후에도 나는 여전히 발을 동동 구르면서 버스에 앉아 있었다. 스위스에 들어와서도 정체는 해소될 기미가 보이지 않았고, 이따금 길이 열릴 때도 버스는 완행했다. 중간에 기사를 교체하며 몇 분간 쉬어가기도 했다. 이미 연착이 확실한데도 버스에서 마음이 급해 보이는 사람은 나와 K뿐이었다. 여행 중에 이런 일을 겪을 때마다 똑같은 생각을 한다. 그냥 지금 내리게 해달라고 말해서 다른 교통수단을 탈까. 하지만 그러려면 도로 한복판에서 짐칸을 열어야 할 것이다. 방콕에서 버스 탈출을 시도했다가 저지당한 경험도 있었다.

결국 네 시간 반이 걸려 저녁 일곱 시에 취리히 중앙역에 도착했다. 명절도 아닌데 예상 소요 시간의 두 배에 달하는 연착이라니. 취리히는 다행히 공항과 중앙역이 그리 멀지 않았지만 비행기가 떠나기까지 한 시간 반밖에 남지 않았다. 국제선을 탈 때 보통 두 시간 전에는 공항에 도착해야 하는 것을 생각하면 상황은 여전히 촉박했다. 버스에서 스마트폰으로 미리 셀프 체크인을 해뒀지만, 탑승 게이트가 문을 닫기 전에 짐을 부치고 보안검색대까지 통과할 수 있을지는 미지수였다. "또 시작이네." 버스에서 내리자마자 캐리어를 꺼내 달리기 시작했다. 노트북과 렌즈 따위가 들어 있는 가방은 등 뒤에서 연신 덜컹거리는 소리를 냈다. 겹쳐 보이는 장면이 많았다.

불가항력적인 사건의 연속적인 발생으로 인한 예상치 못한 난관. 보통 여행은 그 때문에 고난의 길로 들어서고는 했다. 다른 도시로 이동하는 표를 끊어 놓은 상황에서 상식 밖의 수준인 연착의 발생. 비행기나 기차를 놓칠지도 모른다는 불안감. 그래서 몹시 급하게 움직여야 하는 상황. 혹은 정말로 무언가를 놓쳐서 여행이 궤도를 크게 이탈하는 것. 모두 다 군이 다시는 겪고 싶지 않은 일들이었다. 동남아시아 여행 때는 하루에 한 대뿐인 슬리핑 기차를 놓쳐서, 스쿠터를 타고 몇 정거장을 따라잡아서 겨우 탑승에 성공했었다.

사실 다른 여행까지 이야기할 필요도 없이 며칠 전 프라하에서 뮌헨으로 가는 버스를 놓쳤었다. 아마 일 분 정도, 혹은 몇 초만 빨랐어도 훨씬 편한 여행이 되었을 하루였다. 결정적인 사건은 한순간에 일어나는 것처럼 보이지만, 사실은 그 바탕에는 사소한 일이 쌓이고 쌓여 있는 법이다.

프라하를 떠나던 아침, 나는 에어비앤비 호스트의 추천 대신 구글맵의 알고리즘이 추천해주는 경로를 따라 이동했고, 간발의 차로 트램을 놓쳐서 다음 차량을 기다려야 했는데, 몇 분 더 기다려서 탄 트램은 왜인지 몇 정거장 안 가 멈춰서 승객들에게 다음 차량을 타라고 했다. 또 트램의 하차 장소에서 터미널까지 가는 길이 구불구불하게 복잡해서 잠시 헤매야 했고, 마침내 구글맵의 안내를 따라 도착한 곳은 터미널의 정문이 아니라 기차가 다니는 뒷길이어서, 안 그래도 복잡한 프라하 중앙역에서 다시 버스 정류장을 찾아야 했다.
다행히 그 모든 일이 지나고도 오 분쯤 남겨두고 예매해둔 버스 회사의 정류장을 발견했다. 버스를 타는 곳은 역사 내부에서 한 층 위로 올라가면 나오는 건물 밖의 도로에 있었는데 상당히 생소한 구조였다. 분명 제대로 찾아왔는데 뮌헨으로 가는 버스가 들어올 4번 정류장이 보이질 않았다. 아무리 찾아봐도 3번까지 밖에 없었다. 뭔가 이상해서 건너편을 보니 몇 개의 정거장이 더 보였다. 숫자 4가 눈에 들어왔다. 왕복 팔차선 정도 되는 큰 도로의 건너편이었다. 내가 타야 할 버스는 이미 뮌헨으로 떠날 준비를 하는 중이었고, 도로 위에는 정말 많은 차량이 마치 고속도로인 것처럼 빠르게 달리고 있었다. 주변을 둘러봐도 횡단보도는 없었고 도로 중앙으로는 가드레일이 있었다. 아무래도 한 층 아래의 건물 내부를 통해 건너가야 하는 듯했다. 복잡한 프라하 중앙역에서 일이 분 내에 건너편으로 올라가는 통로를 찾아서, 버스가 있는 곳까지 가는 선택을 한다는 것은 그냥 차를 놓치겠다는 거나 다름없었다. 타야 할 차량이 눈앞에 보이는데도 끝내 놓칠지 모른다는 생각에 마음이 더 급해졌다. 그때부터는 일 분이 아니라 일 초가 소중했으므로 지체 없이 횡단보도가 없는 왕복 8차선을 뛰어

서 건너겠다는 결심을 내렸다. 차가 너무 많아서 타이밍을 잡지 못하고 움찔움찔하다가 한 발을 내딛으려는 순간, 터미널 보안요원에게 제지당했다. 그는 내게 다시 아래층으로 내려간 다음에 건너가라고 했다. 분통은 터졌지만, 덕분에 지금 멀쩡히 살아서 글을 쓰고 있는지도 모르겠다.

희망의 끈을 놓지 않고 최대한 빨리 반대편으로 달려가 인파를 헤치며 4번 정류장으로 가는 통로를 찾아 헤맸다. 캐리어를 들고 헐떡이며 아무 계단이나 올랐다. 앞서 헤맸던 시간에 비해 훨씬 빨리 길을 찾았다. 뮌헨으로 가는 버스가 보였다. 방금 막 출발했는지 그리 멀지 않았고 속도도 빠르지 않았다. 아스팔트 위로 캐리어를 끌면서 미친 듯이 달렸다. 남은 한 손을 열심히 흔들면서. 캐리어에 달린 바퀴가 이따금 둔탁한 비명을 질렀다. 버스 안의 누구라도 들으라고 소리를 질렀는데 그게 무슨 말이었는지는 잘 기억이 나지 않는다. 짐을 멘 여행자가 간절하게 버스를 쫓는 모양새가 꽤 이목을 끌만했는데도 차는 끝내 멈춰 서지 않았다. 버스가 시야에서 사라질 때까지 달려가며 쫓았지만 결국 놓쳤다. 다시 터미널 지하로 내려와 아무 곳에나 주저앉았다. 땀을 잘 흘리지 않는 체질인데도 상의가 축축해져 있었다.

배가 고파서 아침에 미리 사뒀던 샌드위치를 꺼냈다. 뮌헨으로 가는 버스에서 먹으려고 했던 것이었다. 한 입 베어 먹는데 너무나 입에 맞지 않았다. 하몽이 들어 있었는데 맛이 없다기보다는 내 취향이 아니었다. 버스를 놓치지 않으려고 빵 사이의 내용물을 제대로 살펴보지 않고 급히 샀던 게 문제였다. 백 코루나를 주고 샀는데. 아, 간발의 차이로 버스를 놓쳤으니 생각해보면 이 샌드위치만 사지 않았어도 버스에 탈 수 있었겠다. 아니, 트램을 코앞에서 놓치지만 않았으면, 그다음 트램이 갑자기 멈추지만 않았어도, 트램이 아니라 지하철을 타라던 호스트의 말만 들었어도. 그저 오늘 아침에 시간을 지연되게 만들었던 수많은 사건 중 한 가지만 일어나지 않았어도 간발의 차로 버스를 놓치진 않았을 것이다.

터미널 바닥에서 자리를 옮기려고 일어나다가 청바지에 오렌지 주스를 쏟았다. 왜 나쁜 일은 꼭 한 번에 몰려오는 걸까?

시련은 이겨낸 다음에야

프라하 여행은 그대로 끝나지 않았다. 다음 버스를 예매해두고 기다리고 있었는데 출발 삼십 분 전에 갑자기 싸한 느낌이 왔다. 전자 티

켓을 자세히 살펴봤다. 같은 날 같은 회사의 같은 노선을 구매했기에 당연히 같은 터미널일 줄 알았는데 출발하는 장소가 중앙역이 아니었다. 황급히 검색을 해보니 대중교통으로 십오 분쯤 떨어진 위치였다. 탑승 장소를 다시 찾아야 하니 시간이 촉박했다. 다행히 지하철로 한 정거장만 가면 되는 거리였기에 곧바로 타는 곳을 찾으러 갔다. 중앙역의 정문 근처에서 타야 하는 호선의 이름을 보자마자 일단 승강장으로 내려갔다. 어느 방면으로 가는지 미처 확인하지 못했지만 한 승강장에서 양방향으로 다 탈 수 있는 구조이길 바랐다. 막상 내려가 보니 지하철은 한쪽으로만 들어오는 곳이었다. 내가 가야 하는 방향이 맞는지 확인할 시간도 없이 지하철이 곧바로 들어왔다. 어차피 조금이라도 더 지체하다간 또 버스를 놓칠 게 뻔했으니 절반의 확률에 도박을 걸고 일단 탔다. 행운이 한 번쯤은 내 편일 때가 됐다. 객실 내의 노선도를 확인해본 결과 몹시 안타깝게도 나는 반대 방향으로 향하고 있었다. 잔잔한 욕설과 함께 헛웃음이 나왔다.

천만다행으로 곧바로 내린 역의 승강장에서는 다른 곳으로 이동하지 않고 반대 방향의 지하철을 탈 수 있었다. 너무 늦지 않게 한 대가 들어왔고, 지하철에서 내려 길을 묻고 물어 아슬아슬하게 뮌헨으로 가는 버스에 올랐다. 같은 곳에서 버스를 두 번 연속 놓쳤다간 땀이 아니라 눈물을 흘렸을지도 모르는 일이었다.

지긋지긋한 하루는 뮌헨에서도 약간의 고생을 거친 끝에 마무리가 됐다. 뮌헨의 숙소는 시내에서 꽤 떨어진 곳이었다. 뮌헨 중앙역에서 열차를 탔는데 실수로 한 정거장 일찍 내렸다. 그런데 배차 간격이 무려 삼십 분이었고, 한 정거장을 일찍 내렸을 뿐인데도 걸어서 한 시간 거리가 남아있었다. 결국 기다렸다가 다음 열차를 타고 가서 내리니 이번엔 비가 쏟아졌다. 마침 주변에 마트도 없는 지역이었는데, 우산은 바로 전날 프라하 동물원에서 잃어버렸다. 한 정거장 일찍 내리는 실수만 아니었으면 비가 내리기 전에 숙소에 도착했을 텐데, 방금 도착한 낯선 도시에서 어두워진 날씨에 비를 맞으며 몇십 분을 걸어 숙소에 도착했다. 따듯한 물로 씻고 있으니 고난의 하루가 끝났음이 느껴졌다. 원래 뮌헨 시내를 구경하는 날이었고 계획대로만 되었다면 그렇게 했겠지만, 이미 시간도 많이 늦었고 지칠 대로 지친 몸이었다. 호텔의 식당에서 파는 십이 유로짜리 피자와 생맥주로 하루를 마무리해야 했다. 수많은 우연과 불운과 평소에는 잘하지도 않던 실수들이 겹친 날이었다.

프라하에서 뮌헨으로 가는 날의 해프닝이 불과 여드레 전의 일이었다. 나는 다시 취리히 중앙역에서 캐리어를 끌며 달리고 있었다. 이곳 중앙역도 크고 복잡했다. 도대체 어디로 가야 공항철도를 탈 수 있는지 바쁘게 움직이며 이 사람 저 사람에게 묻고 또 물었다. 이래저래 도움을 받으며 한 층씩 지하로 내려갔다. 몇 번을 내려갔는지 모르겠는데, 아마 지하 3층쯤 공항철도가 보였다. 그곳을 지키고 있던 터미널 직원에게 물어본 다음 열차에 올랐다. 프라하의 불운이 떠올라 캐리어를 잡고 있는 다른 승객에게 또다시 물었다. "이거 공항 가나요?" 탑승 마감 삼십 분 전 즈음에는 공항에 도착할 수 있는 시간이었다. 하지만 안심하기는 일렀다. 공항이 너무 크면 어떡하지. 수화물을 보내고 보안검색대도 지나야 하는데 게이트가 닫히기 전에 다 할 수 있으려나. 그런 걱정 때문에 공항에 내려서도 급하게 움직여야 했다. 먼저 수화물을 보내기 위해 탑승할 항공사의 체크인 카운터를 찾았다. 다른 승객이 단 두 명밖에 없었다. 항상 길게 늘어선 줄이 익숙한 곳이라 텅 빈 모습은 오히려 위화감이 들었다. 캐리어를 보내고 나니 조금 안심이 됐다.

그동안 헤맸던 경험이 쌓여서였을까? 취리히 중앙역에서 길을 찾는 것부터 공항에서 보안검색대를 지나는 것까지 이상하리만큼 모든 일이 일사천리로 진행되었다. 분명히 무척 촉박한 시간이었는데 오히려 십 분 정도 일찍 게이트에 도착했다. 구경은커녕 식사도 못 하게 되었지만 비행기에 탈 수 있다는 것만으로 위로가 됐다.

힘든 순간이 지나가면 조금 더 쉽게 행복을 느낀다. 조금 고생을 했고 스트레스도 꽤 받았지만 어쨌든 바르셀로나로 가는 비행기에 올랐다. 평소 같았으면 지루했을 이동시간이 무사히 바르셀로나로 가고 있다는 사실만으로 다르게 다가왔다. 버스를 놓쳤던 날 겨우 프라하를 떠나 뮌헨에 도착해서 샤워할 때의 상쾌함 또한 평소와는 차원이 달랐다. 질척이던 하루 끝에 마신 독일에서의 첫 생맥주는 애써 꾸며 말할 필요도 없이 좋았다. 여행이 흘러갈수록 처음보다 바람이 소박해지곤 했는데, 어느 때는 무사히 집으로 돌아가기만을 바라기도 했다.
여행을 돌이켜보면 언제나 그런 힘들었던 일들이 더욱 선명한 기억으로 남아있다. 아직도 왕복 팔차선 도로의 건너편에 적혀있던 4라는 숫자와 내가 타야 할 버스가 떠날 준비를 하고 있었던 장면이 잊히지

DB

않는다. 빠르게 달리는 차들이 만들어내는 도로 위의 소음과 속이 타들어 가는 감정까지도 마찬가지다. 하지만 사건이 유쾌하게 다가오거나, 여행자가 그 안에서 의미를 발견하는 것은 시간이 흐르고 상처가 아문 다음의 이야기다.

간신히 바르셀로나에 도착한 밤에 숙소에서 짧은 글을 썼다. 요지는 '그래도 죽으라는 법은 없고, 여행 중의 시련은 어떻게든 이겨낼 수 있는 정도구나.'라는 것이었다. 일련의 사건을 겪고는 생각이 조금 바뀌었다. 가끔 여행은 여행자에게 모든 것을 포기하고 집으로 돌아가도 이상하지 않을 만큼 가혹한 고난을 선사하고, 시련은 이겨낸 다음에야 비로소 이겨낼 수 있었던 것이 된다는 것을.

오롯이
여행자가 되다

바르셀로나 공항에 도착한 것은 밤 열한 시가 다 되어서였다. 이번 여행 중 유일하게 한인이 운영하는 숙소를 잡았다. 바르셀로나에서 몇 년째 게스트하우스를 운영 중이라는 한인 호스트는 밤거리가 위험하니 공항에서 택시를 타라고 했다. 특히 야간에 짐을 많이 들고 다니면 소매치기의 표적이 될 확률이 높다는 것이었다. 시내까지 다른 대중교통으로 이동하는 방법도 몰랐기에 일단 택시가 모여 있는 곳으로 갔다. 검은 차량이 늘어선 줄의 제일 앞으로 가서 주소를 보여주며 요금을 물었다. 덩치 큰 남자가 또박또박 '피프티 파이브 유로'라고 답했다. 맙소사.

가난한 배낭여행자는 택시비로 한 번에 칠만 원이 넘는 돈을 쓸 엄두가 나지 않았다. K와 반씩 부담하기에도 벅찼다. 다행히 멀지 않은 곳에 공항버스를 탈 수 있는 곳이 있었다. 공항버스 요금은 칠 유로쯤 했는데, 버스를 타고 숙소에서 가까운 카탈루냐 광장에 내리면 십오 분만 걸으면 됐다. 설마 그사이에 소매치기를 당할까? 광장에 내려서 분위기를 살펴본 다음에 다시 택시를 탄다고 하더라도 공항에서 제시받은 택시비용의 절반도 쓰지 않을 것이 분명했다. 늦은 시간이었지만 숙소까지 가는 길은 생각보다 순탄했다. 카탈루냐 광장에 내렸는데 마침 택시가 한 대 보였다. 다행히 미터기가 달린 택시였다. 짐을 싣는 비용으로 일 유로가 더해져서 총 칠 유로 요금으로 숙소에 도착했다. 오랜만에 한국말로 안내를 받으니 마음이 편안해졌다. 스위스에서의 연착 때문에 점심 이후로 아무것도 먹지 못한 탓에 배가 너무 고팠다. 십 분 정도 거리에 24시 맥도날드가 하나 있었다. 어떡하지. 열두 시가 넘었는데. 바르셀로나는 밤거리가 위험하다고 하던데, 그래도 뭐 별일이야 있을까 싶어 바르셀로나에 도착하자마자 이슥한 밤거리로 나왔다. 유럽에 온 지도 한 달이 다 되었지만 낯선 도시의 밤을 걸을 때는 여전히 긴장됐다. 특히 바르셀로나는 치안이 좋은 도시가 아니라고 여러 차례 들었다. 혹시 모를 범죄의 표적이 될까 봐 휴대폰과 체크카드만 들고 슬리퍼에 트레이닝복 차림으로 숙소를 나섰다. 여행자처럼 보이지 않기 위함이었다. 다행히 생각보다 거리는 위협적이지 않았고 무사히 햄버거를 사서 돌아올 수 있었다.

다음날 눈을 뜨니 침대 옆으로 어지럽게 놓여있는 짐들이 보였다. 나는 그때까지 작은 기내용 캐리어와 책가방 크기의 여행용 배낭을 메고 다녔다. 부피가 큰 물건은 대부분 캐리어에 보관했고 배낭은 외출

시에 필요한 것들을 챙겨나가는 용도였다. 비행기를 탈 때는 배낭으로 중요한 물건을 옮겨두고는 했는데, 피곤한 나머지 바르셀로나에 도착한 다음에 짐을 캐리어로 옮기는 것을 깜빡했다. 그날 아침 대충 노트북만 빼 캐리어에 넣어둔 다음에 그대로 배낭을 메고 나왔다.

바르셀로나의 첫인상은 밝고 활기가 넘쳤다. 조금 덥긴 했지만 습도가 높지 않은 것 같았다. 첫날부터 밤늦게 돌아다녔더니 거리에 대한 경계심이 일찍 풀렸다. 딱히 세워둔 계획도 없었으므로 번화가를 구경하기 위해 람블라스 거리로 향했다. 늘어선 기념품 가게들, 다양한 음식들, 수많은 현지인과 관광객들. 상대적으로 조용했던 프라이부르크에서 며칠 편안하게 지내고 왔더니 바르셀로나의 활기찬 분위기가 마음에 들었다. 이제 다시 시끌벅적한 여행을 즐길 때인가! 하는 생각도 들었다. 람블라스 거리의 스타벅스 2층 구석자리에서 K와 이야기꽃을 피웠다. 아늑한 분위기가 마음에 들어 사진도 몇 장 찍었다. 내 사진을 찍으려는데 무릎에 올려둔 배낭이 걸리적거려 잠시 발밑으로 내렸다. 유럽에 온 지 얼마 되지 않았을 때는 배낭을 몸에서 떼지 않았었는데, 여행이 한 달이 다 되어 가면서 마음이 좀 느슨해졌다. 의자와 벽 사이에 가방을 끼워두곤 사진을 찍고, 다시 대화에 집중했다. 전날 오는 여정이 조금 힘들었기에 할 얘기가 많았다. 삼십 분쯤 커피를 마시며 여유를 즐기다 화장실에 다녀왔다. 외국의 카페에서 짐을 두고 화장실을 가는 건 있을 수 없는 일이므로 항상 꼭 한 명은 남아 자리를 지켰다. 그런데 돌아와서 내가 앉아있었던 자리를 보자마자 위화감이 들었다. 있어야 할 것이 없었다.

"내 가방은?"

"가방?"

"여기 뒀었는데…."

'가방?'이라는 되물음과 동시에 무언가 좋지 않은 일이 일어났음을 직감했지만, 생각이 자꾸 정리되지 않고 튕겨 나갔다. 마치 머리가 상황을 읽어내길 거부하는 듯했다. K가 잠시만이라고 하더니 한 직원에게 말을 걸었다. 아르바이트생이 방금 내 자리를 치웠는데 그때 바닥에 있었던 가방을 같이 치웠을 수도 있다는 것이었다. 내 또래의 스페인 직원에게 혹시 검은 백팩을 봤냐고 물었다.

곧바로 돌아오는 대답을 한 번에 잘 알아듣지 못했다. 딱 세 단어를 알아듣고는 머리가 새하얘졌다. '메이비(아마)' '썸원(누군가)' '스톨(훔쳤다)'이었다. 직감에 더해진 확인 사살. 스페인 청년은 그런 일이 흔하다는 듯 태연하게 말하며 이 자리는 아마 CCTV가 없을 거라고 덧붙였다. 경찰서에 가 볼 순 있겠지만 아마 못 찾을 거라고도 친절하게 설명했다.

황급히 주변을 샅샅이 뒤졌다. 카페의 각 층부터 화장실, 밖의 거리까지 수색해봤지만 비슷하게 생긴 것도 찾을 수 없었다. 도둑이 크게 돈이 될 만한 것이 없음을 깨닫고 대충 아무 데나 버려두진 않았을까, 하며 곳곳의 쓰레기통도 열어봤지만 허사였다. 큰돈이 될 물건은 별로 없었지만 내게는 꽤 중요한 것들이었다.

도대체 언제 가방을 훔쳐 갔을까? 내가 화장실에 간 사이에 자리에 가까이 온 사람은 아르바이트생 외에는 없었다고 했다. 그러면 이야기를 나누거나 사진을 찍느라 정신이 팔린 사이에 의자와 벽 사이에 놓여있던 가방을 빼갔을 확률이 높았다. 기척도 없이 그게 가능한지 궁금했지만, 감시카메라가 없는 자리라는 걸로 보아선 프로페셔널한 도둑일 수도 있었다. 바르셀로나의 소매치기들은 고단수라고 했다. 아니면 혹시 옆 테이블에서 한 차례 말을 걸었던 사람이 2인조 도둑—

바르셀로나에서 흔한 소매치기 수법 중 하나는 한 놈이 정신을 산만하게 만드는 틈을 타서 다른 한 놈이 슬쩍 물건을 훔치는 방식이라고 한다—은 아니었을까? 혹은 태연하게 반응하던 아르바이트생이 범인일 수도 있지 않을까? 나는 별 의미도 없는 추측을 해댔지만, 피해자의 심경으로 섣불리 행동하다간 생사람을 잡기 십상이었다. 그리고 뒤늦게 그런 걸 따져 보는 건 아무 소용도 없었다.

여행자의 피곤한 얼굴

지푸라기라도 잡아야 했기에 우선 근처의 경찰서로 갔다. 람블라스 거리의 경찰서는 찾는 사람이 많아서 접수까지 한 시간을 넘게 기다려야 했다. 현지인이나 관광객이나 전부 무언가를 잃어버린 사람들 같았다. 누구는 아이폰을 도둑맞았다고 했다. 그중에는 서럽게 우는 사람도 간혹 있었다. 나도 울고 싶었다. 갑자기 내 얼굴에서 무언가 흘렀다. 그것은 눈이 아니라 코에서 나온 것이었고, 물이 아니라 피였다. 화장실로 급히 달려가는 와중에 손바닥이 빨갛게 물들었다. 코를 잡고 세면대의 거울을 봤다. 가방을 도둑맞고 경찰서의 화장실에서 코피를 줄줄 흘리고 있는 여행자의 피곤한 얼굴이 보였다.

경찰관을 만날 차례를 기다리며 정확히 가방에 어떤 물건이 남아있었는지 헤아려봤다. 제일 먼저 생각난 건 빈에서 산 노트였다. 처음 가져온 수첩을 잃어버려서 그곳에 주로 그날그날의 여행에 대해 밤마다 일기처럼 썼다. 글을 쓰면서 여행을 곱씹어보는 것은 일종의 습관이었다. 미리 써둔 단서가 있어야 나중에 생생한 여행기를 쓸 수 있으리라는 생각도 있었다. 프라이부르크에서처럼 휴식하기로 작정한 도시에서는 카페에 오래 앉아 있고는 했었기에 아예 한 편의 글을 써두기도 했었다. 이제는 통째로 잃어버렸다. 그 노트에는 지금까지 방문했던 도시에서 한 장씩 모아둔 엽서도 들어있었다. 그리고 또 카메라 번들 렌즈가 있었다. 평소에 배낭에는 딱 그 정도만 넣고 다녔다. 뒤로 메는 가방은 소매치기를 당할 위험이 상대적으로 크기 때문에 여권이나 현금 등은 애초에 K의 힙색에 함께 보관해왔었다.

그런데 그날은 조금 더 물건이 많았다. 전날 밤늦게 도착한 것을 핑계로 짐 정리를 제대로 하지 않고 나온 탓이었다. 배낭 안에는 체크카드와 주민등록증이 있는 지갑이 있었다. 삼 년 전에 생일선물로 받은 것이었다. 자그마한 블루투스 스피커도 있었다. 처음으로 잡지에 글을 싣고 받은 선물이었다. 대용량의 USB도 있었는데 여행 사진을 따로 모아 두고 있던 것이었다. 천만다행으로 그때까지 찍은 사진은 며칠 전에 휴대폰에 백업해 두었었다. 그리고 숙소의 열쇠도 가방에 있었다. 불과 몇 시간 전에 잃어버리면 오십 유로라고 주의사항을 들었던 그 숙소 열쇠. 원래 에어비앤비에 가면 열쇠는 항상 K의 힙색에 넣어두었었는데 최초로 내 가방에 열쇠를 보관한 날이었다. 이유는 단지 숙소에 들어갈 때 열쇠를 열쇠 구멍에 알맞게 넣어서 문고리를 돌리는 일을 내가 더 잘했기 때문이었다.

좀처럼 차례가 오지 않아서 나는 K를 남겨두고 한 번 더 배낭을 찾아보기 위해 다시 거리를 헤맸다. 거리에서 검은색 가방을 들고 있는 사람이면 전부 눈여겨 쳐다보았다. 미처 찾아보지 못한 쓰레기통도 열어봤다. 그런 행동으로 잃어버린 물건을 찾을 수 있다고 믿을 만큼 사리 분별이 되지 않는 상태는 아니었지만 달리 할 수 있는 일이 없었다. 나는 사람들의 이목이나 조금 끌었을 뿐 역시나 아무 소득 없이 경찰서로 돌아와야 했다. 곧 경찰관 한 명이 사무실 안으로 안내했다. 경찰관은 컴퓨터 앞에 앉아서 이것저것 묻기 시작했다. 그녀는 사건이 일어난 시간과 장소 등을 물었다. 바르셀로나에서 도둑질을 당하

면 어디서 어떻게 잃어버렸는지도 모르게 없어지는 경우가 많다고 하던데, 그래도 나는 장소와 시간을 정확히 알고 있었다. 무엇보다 스타벅스라면 곳곳에 카메라가 있긴 할 것이고, 바르셀로나를 떠나기까지는 일주일가량이 남았으니 혹시 그사이에 범인을 잡아줄지도 모른다고 생각했다. 스페인 경찰은 불쌍한 여행자를 친절하게 대했다. 사건에 대해 진술하는 동안 정보를 수집하는 그녀의 진지한 태도가 왠지 희망을 품게 했다. 이야기를 듣다가 여기저기 전화도 했다. 하지만 그게 의례적인 절차라는 걸 알아차리는 데는 그리 오래 걸리지 않았다. 경찰관은 내가 잃어버린 물건들의 금액을 묻기 시작했다. 물건을 분실했을 때 한국으로 돌아가서 보험을 청구할 수 있는 서류를 만드는 것처럼 보였다. 마지막으로 메일 주소와 숙소의 전화번호—스페인에서 수신이 안 되는 내 휴대폰 번호 대신—를 남겼다. 찾으면 연락을 주겠다는 말을 듣고 경찰서를 나왔다. 당장은 딱히 가고 싶은 곳이 없었다. 근처에 한국 마트가 있어서 컵라면과 맥주를 사서 숙소로 돌아왔다. 오늘의 여행을 이대로 끝낼 것은 아니었지만 추스를 시간이 필요했다.

숙소 휴게실의 창문을 열어두니 바람이 시원하게 불어왔다. 햇빛도 화창하니 날씨가 좋았다. 시원한 캔맥주를 마시다가 느닷없이 웃음이 터졌다. 스타벅스에서 나온 뒤로 함께 울상을 유지해왔던 K도 갑자기 웃기 시작했다. 이유는 모르겠다. 가끔 힘들수록 웃음이 날 때가 있다. 다행히 나는 생각보다 빠르게 괜찮아졌고, 맥주를 한 캔 비운 뒤에는 바르셀로네타 해변을 구경하러 갈 수 있을 정도로 회복이 됐다. 바르셀로나 시내도 구경하고 해변과 항구에서 저녁까지 시간을 보냈다. 그런데 그날 밤에 상황은 한 번 더 최악으로 치달았다. 잃어버린 지갑에는 오십만 원이 조금 넘게 들어 있는 체크카드가 하나 있었는데, 결제하면 스마트폰으로 알람이 오게 되어 있었다. 그 카드를 정지시켜버리면 앞으로 모바일 뱅킹으로 숙박이나 교통권 등의 결제를 할 수 있는 돈마저 묶이게 되어서 분실신고를 잠시 미뤄두고 있었다. 지갑 도둑이 현금을 빼가는 것도 아니고 추적이 가능한 카드를 긁는다는 건 '한국인'의 상식에는 어긋나는 일이었다.

맥주와 음식을 사서 숙소로 돌아온 직후였다. 잃어버린 물건 생각에 맥주가 많이 당기는 날이었다. 게스트하우스의 거실에 앉아 캔을 따면서 은행 애플리케이션을 실행하니 갑자기 알람이 하나 왔다. 해외에서 만 원 정도 결제를 했다는 것이었다. 갑자기 휴대폰이 미친 듯이 진동했다. 하나가 아니었다. 여러 개의 알람이 겹쳐서 계속해서 화면에 나타났다. 이용 중이었던 현지 심 카드의 데이터가 거의 남지 않아서, 와이파이가 되는 숙소에서 애플리케이션을 실행하니 그제야 결제 알람이 표시되기 시작한 것이었다.

약 두 시간 전부터 일곱 건의 결제가 있었다. 만 원, 이만 원씩 긁어서 총 십만 원이 조금 넘는 돈이었다. 불행 중 다행으로 카드에 있는 돈을 다 쓴 상황은 아니었지만 일단 금액을 떠나 상황이 낯설고 두려웠다. 카드를 가진 도둑놈이 내 돈을 쓰면서 버젓이 돌아다니고 있다는 것을 알게 되니 눈 뜨고 당하고 있는 기분이었다. 한국에 있는 가족에게 급히 연락해 카드를 정지시켰는데 곧바로 또 알람이 왔다. 분실정지 카드로 결제가 거절되었다는 알람이었다. 놈은 그 후로도 정지된 카드로 몇 차례나 결제를 시도했고, 그걸 실시간으로 지켜봐야 했다. 그 정보에는 결제 장소와 시간이 버젓이 나와 있었으므로 즉시 경찰서에 가보기로 했다. 나는 분노와 두려움과 당황이 뒤섞여서 여행 중에 거의 처음으로 완전히 '멘탈이 나간' 상태였다. 외국에서 늦은 밤에 돌아다니는 것을 싫어하는 K가 같이 가겠다고 나섰다. 자정이 넘은 시각이었다.

겪은 일, 겪고 있는 일 때문에 바르셀로나의 밤거리가 더 낯설게 다가왔다. 경찰서까지는 십오 분을 걸어야 했다. 중간에 경찰로 보이는 사람이 총 같은 걸 들고 거리에 있어서 말을 건넸다. 원래는 총을 든 사람이 있으면 괜스레 겁을 먹곤 했는데 그때는 오히려 안심이 됐다. 그는 사정을 듣더니 일단 카드를 중지시키고 긴급전화로 신고를 하라고 했다. 알고 보니 경찰이 아니라 사설 경호업체의 직원 같았다. 전화로 정황을 설명하는 게 쉽지 않았으므로 경찰서를 찾아가는 중이었는데, 그는 경찰과 직접 통화를 한 다음에 내게 전화를 건네주었다. 하지만 결국 그 거리에서 상황을 해결할 순 없었다. 총을 든 남자는 한참을 애쓰다가 도움을 주지 못해 미안하다며 진심으로 안타까워했다. 길을 가다가 서 있는 사람을 붙잡은 것뿐이었고, 그에게는 아무런 의무가 없었으므로 고마운 마음이 들었다. 낯선 밤이 조금 따듯해졌다.

애써 찾아간 경찰서는 문이 굳게 닫혀있었다. 다른 경찰서를 또 찾기에는 시간이 너무 늦었고 거기라고 열려있다는 보장도 없었다. 그대로 다시 걸어서 숙소로 돌아왔다. 아무 소득도 없었지만, 어쨌든 몇 시에 어디서 내 카드를 긁었는지를 알고 있으니 내일 경찰서에 가면 무어라도 조치를 해주지 않을까 싶기도 했다. 그 장소에는 작은 슈퍼

마켓뿐만이 아니라 버거킹 같은 프랜차이즈도 있었다. 증거가 될 만한 영상도 많이 찍혔을 것이었다. 물론, 이미 써버린 돈이고 배낭의 행적을 찾아낼 확률은 높지 않아 보였다. 가방을 훔쳐 간 사람은 적당히 필요한 물건만 챙기고 카드 같은 건 아무 데나 버렸을 수도 있다. 하지만 그때의 나는 단지 더는 아무 일도 없기를 바랄 뿐이었다. 세 시간쯤 전에 따놓고 마시지 못한 맥주를 들어 한 모금 마셨다. 미지근하고 심심한 맛이었다. 열쇠값 오십 유로에 또 추가로 사라진 십만 원이 아까워 마음이 아리긴 했으나 상황이 그쯤 되니 잠도 못 잘 정도로 괴롭지는 않았다.

여행은 계속된다

다음날 눈을 뜨자마자 다시 경찰서를 찾았다. 혹시나 하는 희망이었고, 물건은 못 찾아도 도둑은 잡길 바랐다. 결과는 비슷했다. 우선 또다시 한참을 기다려야 했고, 어제의 경찰관은 카드 사용 명세를 가져온 것을 보더니 더 큰 경찰서의 주소를 찍어주었다. 그곳에도 사람이 많았는데 람블라스 거리에서는 경찰서가 제법 '핫 플레이스'였다. 마침내 내 차례가 왔을 때 경찰서에서는 피해를 본 금액을 가지고 또 서류를 만들어줬다. 카드 결제가 있었던 장소의 주소와 시간까지 손수 적어서 가져갔지만, 경찰관은 그 정보에 큰 관심은 없어 보였다. 의례적으로 타이핑을 할 뿐이었다. 옆에서 지켜보던 K도 그게 답답했는지 갑자기 아주 직설적으로 질문했다. "너희가 우리 가방 찾을 수 있는 거야?" 경찰관도 애써 거짓말을 하지는 않았다. 네가 정보를 가져오긴 했지만 잡으려면 시간이 걸린다. 우리는 물론 CCTV를 보러 갈 것이다. 하지만 이 사람을 찾을 때면 너는 아마 한국에 있을 것이다. 이게 오천 불 정도 되면 모르겠다. 그 정도의 암시와 함께 다시 피해 내용이 작성된 서류를 내게 건넸다. 그렇게 말하진 않았지만 그 의미는 '우리가 범인을 잡아서 외국인인 너에게 물건과 돈을 돌려주지는 못하니 한국에 가서 보상을 받으라'라는 메시지로 읽혔다.

여행자는 결국 이방인이다. 아무리 현지 경찰관이 친절하게 대해준다 해도 변하지 않는 사실이다. 사회가 구성원을 보호하는 테두리가 만약 서너 겹으로 이루어져 있다면 여행자는 결코 가장 안쪽 테두리에 속하지 않는다. 아마 세 번째쯤, 혹은 마지막 테두리 내에서 최소한의 보호만을 받을 뿐이다. 한국이었다면 이런 일을 당하지도 않았겠지만, 카드까지 멋대로 긁어대는 도둑을 잡아주지 않을 리도 없다. 하지만 외국에서 범죄를 당하거나 피해를 보면 충분한 보호를 받기가 힘들다. 여행자는 스스로 자신을 잘 보살펴야 한다는 걸 분명히 깨달을 수 있었다.

두 번째 경찰서에서 나올 땐 이미 충격을 거의 다 털어낸 상태였다. 도둑질을 당한 지도 하루가 지났고, 밤사이 오만 일을 다 겪은 터라 덤덤해졌다. 내가 더 할 수 있는 일은 없었다. 다시 경찰서에 가지 않아도 된다는 사실이 홀가분했고 이제 쓰라린 상처에 대해 진술하는 대신 여행이나 하면 된다는 것이 기쁘기까지 했다. 곧바로 람블라스 거리에서 이어지는 라보케리아 시장을 구경했다. 수박 주스를 사 마셨다. 한참을 걸어 맛있다는 타파스 가게에 가서 맥주와 함께 먹었다. 스페인에서 먹는 타파스와 생맥주, 혹은 타파스와 상그리아는 실망하게 한 적이 없는 조합이었다. 밤에는 유명한 몬주익 매직 분수에 쇼를 보러 갔다. 누가 정했는지 모르겠지만 세계 삼 대 분수 쇼 중 하나라고 하는데 그 말의 신빙성과 별개로 볼만하긴 했다.

공포를 과장하지 않기 위해 덧붙이자면, 일주일 동안 그 한 번 이외에 다른 소매치기 시도는 없었다. 일종의 '원 샷 원 킬'을 당한 셈인데,

내 경험으로는 바르셀로나 역시 조금만 조심하면 무탈하게 여행할 수 있는 도시였다. 하지만 당한 일이 있으니 방심이 곧 사고가 될 수도 있는 도시인 것도 맞다 해야겠다.

누군가 바르셀로나 여행이 어땠냐고 물으면 한결같이 '좋았지'라고 대답하고는 한다. 그리고 허심탄회하게 가방을 도둑맞은 이야기를 덧붙인다. 경찰서에서 나온 후에도 바르셀로나에서 약 일주일의 여행이 남아있었고, 그 정도면 악몽을 덮어주기에 충분했다. 시간이 조금 지나 바르셀로나에서 겪은 일련의 사건들을 돌이켜 봤을 때 가장 다행인 것은, 너무 오랜 시간 좌절하고 있지 않았다는 점이다. 나는 여느 여행자처럼 사그라다 파밀리아와 구엘 공원 등 안토니 가우디의 유산을 감상하러 다녔다. 상그리아와 맥주도 실컷 마셨고 로컬들만 안다는 파에야 맛집에 찾아가기도 했다. 코인 세탁소에 가서 밀린 빨래도 하고 시에스타 풍습을 따라야 한다며 낮잠도 잤다. 기차를 타고 당일치기로 시체스에도 다녀왔다.
물론 모든 것이 없던 일처럼 기억 속에서 사라지지는 않았다. 나는 벨항에서 바다를 보다가 잃어버린 물건에 관한 생각에 잠겼다. 넋 놓고

있을 때가 아니라 정말 필요한 것들은 다시 사든가 해야 했다. 카메라 렌즈는 하나만 있으면 된다. 사진 찍는 걸 좋아하긴 하지만 사진을 위해 여행하는 것은 아니었다. 선물로 받은 물건들은 아깝긴 하지만 당장 여행하는 데 꼭 필요한 것들은 아니었다. 모아둔 엽서도 아까운 것은 마찬가지였지만 어차피 한국에 돌아가면 직접 촬영한 사진으로 도시마다 직접 엽서를 만들어 볼 계획이었다. 열쇠 분실 때문에 예상치 못한 오십 유로의 지출이 생겼다. 그것도 속이 상하는 일이었지만 앞으로의 예산에서 칠만 원이 깎인 점을 빼면 남은 여행과 무관했다. 대학교 졸업 선물로 받은 배낭 또한 여러 여행의 추억이 담긴 물건이었다. 다만, 들어있던 내용물이 함께 다 사라진 터라 급히 다른 가방이 필요하지는 않았다.

당시에 가장 마음이 아팠던 건 역시나 글을 쓰던 노트였다. 그런데 이상하게도 한편으로는 홀가분했다. 시간이 흐르자 차라리 잘됐다는 생각까지 들었다. 잊어버리면 안 되는 것들을 기록한다고 믿었지만, 어쩌면 다짐과는 달리 여행하는 중에도 나중에 여행기를 써야 한다는 압박감을 완전히 놓지 못하고 있었는지도 모르겠다. 그래서 하루의 여행에 꼭 필요하지도 않은 것들을 들고 다녔다. 정작 밖에서는 아무

것도 쓰지 않는 날이 많았는데도, 그저 오늘은 짧게라도 무얼 써 두지는 않으려니 싶었다. 여행의 기억을 고스란히 간직하지 못한다는 게 두렵기도 했던 것 같다. 하지만 나는 그때그때 적어두지 않으면 금세 잊힐 만한 이야기를 쓰고 싶은 것은 아니었다. 시간이 흘러도 쉽게 변하지 않는 것들에 관해 쓰고 싶었다. 정말 중요한 이야기라면 따로 기록해두지 않아도 고스란히 남아 있을 것이다.
그런 생각이 단지 상처에서 벗어나기 위한 방어기제로서의 합리화에 그친 것은 아니었다. 여행은 절반 정도가 남아있었지만, 한국으로 돌아올 때까지 노트와 펜은 다시 사지 않았다. 꼭 필요한 메모는 간단히 휴대폰에 해두면 그만이었다.

돌이켜보면 너무 많은 것을 지고 나온 날들이 있었다. 그때 사라진 물건 중에서 여행하는 동안 다시 사야 할 정도로 필수적이었던 것은 하나도 없었다. 그동안 너무 많은 것을 싸매고 여행한 것이었다. 그런 여행을 원한 게 아니었는데. 여행 중에는 우선은 여행자가 되자고 결심했었는데. 결국 바르셀로나에서 새로 산 것은 배낭을 대신할 아주 작은 힙색뿐이었다. 그때부터 하루의 여행에 필요하지도 않은 것들,

현재에 집중해야 할 여행에 미래를 떠올리게 했던 것들, 그런 물건은 모두 내려두고 여행하기로 했다. 여행 중에 렌즈까지 바꿔가며 찍어 대는 그 수많은 사진은 과연 그 개수만큼이나 필요했던 걸까. 사진을 남기기 위해 여행하는 것도 아닌데. 나중에 쓸 글을 의식해서 자잘한 내용을 기록해두는 것이 내게 무슨 의미가 있을까. 정작 중요한 일이 무엇이었는지는 시간이 흘러야 비로소 알게 되곤 하는데.
그 이후로는 거의 모든 날에 휴대폰과 렌즈를 결합한 카메라만 메고 숙소를 나섰다. 사진 촬영이 중요하지 않을 것 같은 날에는 아예 카메라를 숙소에 두고 나오기도 했다. 여행을 나서는 발걸음도, 마음도 조금 더 가벼워졌다. 그제야 오롯이 여행자가 된 것 같았다. 바르셀로나에서 생긴 생채기 위에는 금세 새살이 났다. 많은 것들을 잃어버리고 난 뒤에도 중요한 것은 여행을 계속할 수 있다는 사실뿐이었다.

내일이면
다시 쾌청한 하늘과
적당히 따사로운 태양 아래
여행이 시작될 것이다.
나는 아직 여행길에 있다

02

아직
여행길에 있다

고작 하루 동안의 여행

미묘한 차이

여행을 통해 알게 된 사실 중 하나는, 나는 시간을 정해 놓고 계획대로 움직이는 일을 좋아하지 않는다는 것이다. 탄탄히 잘 세워진 일정표를 보면 안정감보다는 갑갑함이 먼저 찾아왔다. 시간이 촉박해서 빨리빨리 움직여야 하는 상황은 특히나 반갑지 않았다. 그래서인지 여행지에서 다른 도시를 갔다가 돌아오는, 이른바 '당일치기 근교 여행' 같은 것은 잘 가지 않는 편이었다. 하루 만에 한 도시를 구경하기 위해 바쁘게 움직이는 게 싫었고 굳이 가고 싶다면 차라리 일박이라도 하고 오는 게 마음이 편했다.

이런 생각이 처음 바뀐 것은 블라디보스토크 여행에서였다. 블라디보스토크에는 고려인과 관련된 신한촌 기념비가 있다. 고려인이란 구소련 지역에 주거하는 한인 교포를 의미한다. 과거 을사늑약 전후로 많은 애국지사가 항일 독립운동을 위해 연해주로 넘어갔는데, 자신들을 스스로 고려인이라 불렀다고 한다. 블라디보스토크의 초기 정착지인 개척리에서 도시 외곽으로 쫓겨난 한인들은 그곳에서 다시 삶터를 일구고 '새로운 한인촌'이라 해서 신한촌이라 명명했다. 이후 신한촌은

1910년대 항일 독립운동의 근거지가 되는데, 사월참변과 중앙아시아로 강제이주의 고난 등을 겪으며 지금은 그 흔적을 거의 찾아볼 수 없게 되었다. 블라디보스토크에 남아있는 것 또한 기념비밖에 없었다. 그곳에 다녀온 것을 계기로 연해주에서 독립운동을 했던 고려인의 삶을 조금 더 따라가 봐야 한다는 생각이 들었다.

신한촌 기념비에 다녀온 다음 날 우수리스크로 가는 기차에 올랐다. 연해주와 우리의 역사에 관한 이야기, 고려인들이 일궈낸 것과 겪어야 했던 수난에 관한 조금 더 자세한 이야기가 남아 있는 곳이다. 우수리스크에는 고려인 문화센터가 있는데 해외에 있지만, 한글 텍스트를 메인으로 해서 세워진 역사관이다. 그리고 연해주 독립운동의 대부 최재형 선생이 살았던 집, 헤이그 특사로 잘 알려진 이상설 선생의 유허비, 러시아가 혁명으로 혼란스러웠던 시기에 한인들의 결집을 도모하였고 훗날 대한국민의회가 되는 전로한족중앙총회 결성장소 등이 우수리스크에 있다. 직접 다녀와 본 결과 역사관 이외에는 잘 보존된 곳이 없어 안타깝기도 했으나, 그것이 방문할 가치가 없다고 의미하는 것은 아니다. 고려인들의 흔적을 따라 우수리스크를 걷는 일은 그들이 이곳에서 느꼈을 감정을 따라가 보는 일이자, 우리가 잊지 않아야 할 삶을 직접 찾아보는 일이었다. 역사적 사건에 관해서는 그 일이 일어났던 땅을 직접 밟아봐야만 느낄 수 있는 울림이 있고, 그 때문에 여행이 역사를 접하는 가장 좋은 방법이기도 하다.

다만 우수리스크 당일 여행은 내가 별로 좋아하지 않는 방식으로 이루어졌다. 반나절밖에 시간이 없었고 가보아야 할 장소들이 딱딱 정해져 있어, 혼자서 쉬지도 않고 계속해서 빠른 걸음으로 다녀야 했다. 하지만 우수리스크에서의 하루는 어떤 긴 여행만큼이나 괜찮았던 경험으로 남아있다. 그때의 기억이 좋아서 이후로는 적당해 보이는 곳이 있으면 당일 근교 여행도 마다하지 않게 되었다. 이것이 단지 역사적 배경이 만든 특수케이스라고 생각하지는 않는다.
여행지에서 다시 근교의 소도시로 다녀올 때는 미묘한 차이가 생긴다. 원래는 낯선 도시였던 곳이 하루가 끝나기 전에 돌아와야 할 집으로 변한다는 것. 시간을 못 맞춰서 돌아가는 차를 놓치면 어쩌나 걱정을 해야 한다는 것. 매 순간 떠날 시간을 염두에 두고 여행을 한다는 것. 내가 그다지 좋아하지 않았던 이런 점들 때문에, 당일 여행은 여행이 길어질수록 오히려 새로운 자극이 되기도 했다.

블라디보스토크에서와 달리 바르셀로나에서 시체스로 당일 여행을 갈 때는, 많은 여행의 목적지가 직관적인 끌림에 따라 결정되듯이 아무런 극적인 이유도 없었다. 스페인에서는 바르셀로나에만 일주일을 머무르기로 했었는데 가능하다면 한 도시 정도는 더 가보고 싶었다. 그래서 바르셀로나 게스트하우스의 좁은 침대에 누워있던 어느 밤에 무심히 구글 지도를 켰다. 평소에 자주 하듯이 엄지와 검지를 화면에 대고 마주 보게 당겼다. 지도가 적절한 사이즈로 축소되니 바르셀로나 양쪽으로 동그란 점이 서너 개 찍혔다. 남서쪽으로 그리 멀지 않은 거리에 'Sitges'라는 이름의 도시가 보였다. 시체스. 왠지 어디서 들어본 것 같은 기시감—나중에 생각해보니 시체스 영화제 때문이었던 것 같다—이 들었다. 나는 해변이 멋진 휴양도시라는 정보를 입수하고 시체스에 가기로 했다. 바다라면 거의 언제나 환영인 K도 선뜻 동의했다. 여행 중 즉흥적인 결정에 관해 갖은 노력을 쏟아 설득해야 하는 상대라면 굳이 함께 이베리아반도까지 오지도 않았을 것이다. 안토니 가우디의 사그라다 파밀리아나 구엘 공원도 아직 가보지 않은 때였지만 하루쯤 시체스에 다녀온다 해도 시간은 충분했다. '내일은 시체스에 가자.' 그렇게 결정하던 밤에 두 사람 다 전혀 몰랐던 점은, 시체스가

개방성과 누드 비치로 꽤 유명한 도시라는 것이었다.

내가 모르는 세상

바르셀로나에서 기차를 타고 한 시간쯤 달려서 시체스에 도착했다. 왠지 한적하고 평화로운 느낌이면서도 사람이 와글거리는 것이 전형적인 인기 휴양지의 모습이었다. 그런 도시답게 골목골목에는 관광객의 물욕에 불을 지피는 잡화점과 옷가게들이 늘어서 있었다. 뭘 사는 경우는 거의 없는데도 그런 곳이 보이면 꼭 들어가서 구경을 하고는 했다. 이번에도 결국 엽서만 한 장 샀을 뿐인데 기차역에 도착해서 해변에 닿기까지 한 시간이 넘게 걸렸다. 해변을 걷고 있는데 토플리스 차림인 여자가 보였다. 나는 그때까지 야외에서 토플리스를 본 적이 거의 없어서 좀 놀랐다. 갑자기 촉이 와서 검색창을 열었다. 시체스는 누드 비치가 유명한데, 게이 비치도 있으며, 퀴어축제도 열리는 도시라는 것을 알게 됐다. 나는 아무것도 모르고 그저 길 따라 걸어 다녔던 터라 번화가에서 가장 접근성이 좋고 몹시 규모가 큰 해수욕장에 도착했다.

그런데 그곳은 '찐' 누드 비치는 아니어서 완전 나체였던 사람은 없었던 것 같다. 다만 개방적인 도시의 분위기답게 어떤 남자는 코앞에서 옷을 시원하게 갈아입기도 했다. 사람이 가득한 해변에서 성인 남성이 하의를 다 벗고 수영복으로 갈아입을 수 있다는 것도 좀 신선한 충격이었다.

위화감의 원인이 되고 싶지는 않았다. 자유롭게 해변을 즐기는 사람들처럼 거기에 있는 내내 아무렇지 않은 척했지만, 사실 또 전혀 아무렇지 않은 것은 아니었다. 내게는 너무나 낯선 풍경을 아무도 신경 쓰지 않으니 멀쩡한 그들이 타인에게 무관심한 사람들처럼 느껴지기도 했다. 그래도 시체스에서 반나절 동안 타파스도 먹고 상그리아도 먹고, 또 해안가의 카페에서 죽치고 앉아 시간을 보내다 보니 그 분위기에 조금씩 적응이 되는 것 같았다. 옷을 입을 만큼 입은 사람이 세미누드인 사람을 신기하게 쳐다보는 경우를 단 한 번도 발견하지 못했다는 것도 꽤 새로웠다. 그만큼 자연스러운 일이라는 의미니까. 그곳에 머무르는 내내 누군가의 시선에 불쾌해하는 감정이 드러나는 것을 목격하지 못했다. 해변에는 아이를 데려온 가족도 많았다. 나는 또렷한 실체를 알 수 없는 내 안의 어떤 의심이 확인되는 것 같은 기분을 느꼈다.

여행을 통해 오감으로 접촉하는 세계가 전달하는 메시지는 너무나 당연하게도 간접적인 체험과는 강도가 다르다. 물론 상그리아를 마시며 길게 수염을 기른 스패니쉬 남자의 어설픈 기타 소리를 들으면서 한참을 앉아 있었던 그 백사장에서 어떤 생각을 정리한 것은 아니었다. 여행의 어떤 순간은 시간이 조금 더 흘러 다른 경험이 쌓인 뒤, 그 의미가 구체적으로 발현되고는 한다. 시체스에서 보낸 시간의 의미에 관해서도 이어진 여행과 일상에서의 경험이 조금 더 쌓인 이후에야 문장으로 써봐야겠다는 생각이 들었다.
문화에는 우월이 없고, 또 한 해변의 모습으로 다른 사회의 전반적인 모습을 판단한다면 비약이다. 하지만 내가 아는 세상이 전부가 아니라는 것은 지극히 당연한 일이다. 누군가에게는 낯선 모습이 다른 쪽에서는 아무런 시선조차 끌 수 없는 평범한 행위일 수도 있다는 것, 그리고 내가 모르는 세상이라고 해서 타인에게도 존재하지 않아야 함은 아니라는 것. 그 개방적인 도시에서의 짧은 하루는 이제 내게 그런 의미로 해석된다. 그리고 그 메시지는 다시 기존의 생각을 견지하게

하는 하나의 근거가 되었다. 만약 누군가 타인에게 그저 조금 튄다는 이유로 비난을 가한다면 그것은 폭력일 뿐이라는 것이다. 당연한 소리로 들릴지 모르겠지만, 그런 폭력이 가해지는 것을 발견하는 일이 너무나 쉬운 지금이다.

시체스는 참 멋진 휴양지였다. 언젠가 시간이 된다면 다시 그곳에 가서 며칠 동안 매일 바다를 즐기며 휴가를 보내면 좋겠다. 영화제가 열리는 시기라면 더 좋을 것이다. 당일 여행은 짧은 시간만큼 아쉽지만 그래서 더 좋은 기억으로 남기도 한다. 무더운 여름날, 시체스의 해변은 물리적인 사람의 부피 이외의 것으로 가득 차 있다는 느낌을 받았다. 차갑고 어딘가 비어있고 쓸쓸한 바다와는 정반대인 느낌. 따듯한 것 같기도 좀 뜨거운 것 같기도 했던 그런 느낌.

그대로 계속 걷다 보면

분명 눈부신 순간이 있을 것을 알고 있다.

타인의 기준과 상관없이 오직 내게 찬란한 순간이.

여행이 건네는 약속

에든버러

여행에서 몇 번 밤을 새워야 했던 적이 있었다. 이동 시간이 애매해 일부러 그렇게 계획한 경우도 있었고 예상치 못한 사건 때문인 적도 있었다. 그중에서 가장 인상적인 사건은 에든버러에서 있었다.

밤 시간대의 비행기로 포르투갈 포르투에서 스코틀랜드 에든버러로 갔다. 공항에서 시내 중심가로 온 다음 다시 버스를 타고 숙소가 있는 해안지역 포토벨로에 도착했을 땐 이미 새벽 한 시가 넘은 시간이었다. 숙소의 정확한 위치를 찾기 위해 평소와 같이 에어비앤비 애플리케이션을 켜서 위치 안내로 들어갔다. 이십여 분을 더 걸어야 했다. 인적도 빛도 거의 없는 으슥한 밤거리를 걸어 도착한 집은 작은 마당이 있는 주택이었다. 사람의 환대를 받을 수 있는 시간이 아니었고, 마침 호스트는 주말이라 여행을 떠난 상태였다. 미리 받아 놓은 셀프 체크인 안내 메시지를 보니 키 박스가 있을 것이라고 적혀있었다. 그런데 아무리 찾아도 그 비슷한 물건조차 보이지 않았다.
새벽 두 시가 되었고 휴대폰도 꺼지기 직전이어서 마음이 급해졌다. 체크인 안내 메시지를 자세히 살펴보니 에어비앤비에 등록되어있는 주소와 메시지의 주소가 미세하게 달랐다. 그런 경우는 처음이어서 약간 혼란스러웠다. 호스트가 보내 놓은 주소는 도로 하나를 건너 연립으로 지어져 있는 공동주택 플랫(flat) 중 하나인 듯했다. 각 건물의 현관 근처를 돌아다니며 구글맵의 GPS를 확인하니 한 건물 앞에서 엇비슷하게 위치가 맞아떨어졌다. 입구 곳곳에 거미줄이 있었고 복도에는 부서진 물건들이 흩어져있었다. 그런데 키 박스는 역시나 보이지 않았다.

체크인까지는 충분하리라 생각했던 배터리가 헤매는 사이에 방전되어 휴대폰이 꺼져버렸다. 호스트 대신 집에 있을 것이라던 그의 친구에게 연락할 방법도 없었고 새벽은 점점 깊어졌다. 외진 곳이어서 새벽의 적막이 더 으스스했다. 일단 셀프 체크인 안내 메시지에 적혀있었던 설명을 따라 왼쪽 복도의 첫 번째 문 앞으로 갔다. 상자 같은 건 역시나 보이지 않았다. 노크해볼까, 하다가 한번 문고리를 돌려봤다. 주소를 잘못 찾았다면 가정집일 테고 당연히 잠겨있을 테니. 그런데 철컥, 하고 문이 열렸다. 늦은 시간에 체크인하는 걸 미리 말했었기 때문에 일부러 열어둔 것일까?

그런데 문이 열리는 순간 안쪽에서 여자의 놀람 섞인 짧은 비명이 들리더니 우당탕하는 소리가 났다. 곧바로 한 남자가 욕을 하며 뛰어나왔다. 그는 단발머리에 덩치가 컸고 아무것도 입지 않고 있었다. 실오라기 하나 걸치지 않은 그의 태도가 너무나 위협적이어서 일단 도망치듯 사과를 하고 건물 밖으로 나왔다. 나신의 남자는 건물 밖 계단까지 따라 나왔다. 눈이 돌아갔다는 표현이 떠오르는 그런 눈빛으로 소리를 지르고 있었다. K와 나는 번갈아 가며 실수였다고 거듭 말했지만 남자는 우리의 말을 들을 생각이 전혀 없었다. 그는 당장 무언가를 부수거나 집어던지고 싶은 분노를 참는 일에도 거의 한계인 듯 보였다. 일단 피해야 한다는 생각이 들었다. 남자는 칠흑 같은 어둠이 내린 도로 속으로 두 여행자가 사라지는 모습을 확인한 다음에야 방으로 돌아갔다.

만약에 대비해 K의 휴대폰에도 셀프 체크인 관련 메시지를 복사해두었다. 장문의 영어 메시지를 다시 천천히 확인해보니 '플랫 6'라고 적힌 게 그제야 보였다. 아까 그 건물의 6번 문 안쪽에 키 박스가 있었던 것이다. 근처에 달리 도움을 청할 곳도 없었기에 일단 다시 건물

쪽으로 가보기로 했다. 조금 전의 상황을 다시 돌이켜보면 잠겨있던 문을 억지로 연 것도 아니었고, 방에 몰래 들어간 것도 아니었다. 에어비앤비 숙소를 찾다가 문고리를 한 번 잘못 돌렸고 마침 그게 잠겨 있지 않았을 뿐이었다. 집 안으로는 한 발자국을 내딛지도 않았다. 이 정도 문제면 그래도 잘못을 사과하고, 차분히 설명하면 말이 통할 것으로 생각했다. 어디든 다 사람 사는 곳은 비슷하니까. 그렇게 상식적인 사고를 믿으며 다시 용기를 내서 공포의 플랫으로 다가갔다.

아까의 일 층 창문에서 환한 빛이 새어 나오고 있었다. 온통 어둡인 거리에 홀로 빛나는 그 창문에는 커다란 남자가 무언가를 들고 서 있는 모습이 보였다. 실루엣으로 추측하건대 높은 확률로 야구방망이였다. 젠장, 무서웠다. 그런 장면은 스크린을 통해서나 본 적이 있었다. 그렇다고 거리에서 밤을 새울 순 없었다. 크게 심호흡을 하고 조심히 창가로 가서 좀 상냥하게 들리기를 바라면서 외쳤다.
"익스큐즈 미."
또다시 우당탕. 남자가 야구방망이를 들고 뛰어나왔다. 다행히 속옷은 입고 있었다. 남자가 현관에 보이자마자 에어비앤비 숙소를 찾고

있는데, 하며 말을 시작했다. 그런데 그는 멈추지 않고 내 앞까지 달려왔다. 남자와의 간격이 너무 가까웠다. 야구방망이를 응시하며 바쁘게 말을 쏟아냈다. 영어는 자신감이 중요하다고 했던가. 자신감에 차 있는 상황은 결코 아니었지만 우물쭈물할 여유가 조금도 없었다. 둔기가 곧 내 머리를 향할지도 모른다는 생각 때문인지 평소보다 훨씬 시원하게 영어가 튀어나왔다.

문제는 코앞의 영국인도 계속해서 말을 했다는 것이었다. 아니, 그것은 언어가 아니라 무질서한 괴성과 욕이었다. 그중에 알아들을 수 있는 것은 거의 "리브(Leave)!"라고 외치는 소리뿐이었다. 나는 계속해서 내가 여행자고, 숙소를 찾고 있었고, 단지 헷갈려서 문을 한번 잘못 열었던 것뿐이었고, 내가 가야 했던 곳은 이 건물의 6번 방이었다는 등의 말을 반복했다. 야구방망이는 수시로 움찔거렸다. 남자의 거친 생각과 불안한 눈빛을 지켜보던 나도 움찔거렸다. 불안하고 두려웠지만 한편으론 화가 났다. 그리고 전혀 대화가 통하지 않는 태도에 말문이 막혀버렸다. 그때 한 발짝 뒤에 있던 K가 용감하게도 주소가 적힌 휴대폰을 남자의 얼굴에 들이밀면서 다시 한번 우리는 6번 플랫에 가면 된다고 말했다. 그는 플랫과 똑같이 f로 시작하는 다른 욕에 에어비앤비를 붙여서 소리를 지르는 한결같은 방법으로 응수했다. K는 재빨리 휴대폰을 집어넣었다. 조금만 늦었다면 한국산 갤럭시는 에든버러까지 와서 객사로 생을 마감했을 것이었다.

어느덧 새벽 세 시였고 여기서 물러서면 길에서 밤을 새우게 될지도 모르는 노릇이었다. 하지만 참을성이 바닥난 남자는 야구방망이로 나를 두들겨 패기 직전이었다. 아주 짧은 시간 동안 오만가지 생각이 떠올랐다. '이러다 진짜 방망이로 맞으면 어떡하지, 그렇다고 여기가 아니면 지금 어디로 갈 수 있지, 뭐 이런 미친놈이 다 있나' 하는 생각이 수십 번이었다. 그 와중에 한 번은 남자가 야구방망이를 장착하긴 했지만 우린 두 명이니 힘을 합치면 일단 이 남자를 제압할 수도 있지 않을까, 라는 어이없는 아이디어도 번뜩였다. 급박한 상황에 뇌가 쏟아낸 수많은 방안 중 하나였지만 그걸 진짜 실행했었다면 아마 맞아 죽었거나, 죽기 직전까지 맞았거나, 피를 좀 흘린 끝에 성공했다 하더라도 진짜 범죄자로 낙인찍혔을지도 모르는 일이었다. 지금 있는 곳이 한국이 아님을 명심해야 했다. 나는 다행히 최악의 선택을 피했고, 왜인지 대화를 시도할수록 남자의 상태가 더더욱 위협적으로 변함에 따라 일단 물러서기로 했다. 다시 깜깜한 도로 쪽으로 걷기 시작했을 때, 옆 건물에서 창문을 열고 한 여자가 무엇 때문에 이 시간에 소란스럽게 하느냐고 물었다. 야구방망이를 든 남자가 고래고래 소리를 지르며 대답하자 여자는 다시 창문을 닫고 들어가 버렸다.

그 짧은 대화에 외국인이 끼어들 틈은 없었다. 다시 한번 완전한 이방인이 되었다. 해안 마을의 새벽 거리에는 사람 한 명 없었고 문을 연 가게도 일절 보이지 않아 도움을 청할 곳이 마땅히 떠오르지 않았다. 시간을 좀 두었다가 몰래 다시 들어갈까, 라는 생각도 해봤지만 그 남자와 한 번 더 대면하는 것은 너무 위험한 도박이었다. 다시 몰래 들어갔다가 걸리면 분명히 남자가 방망이를 휘둘렀을 것이다. 게다가 방망이보다 더한 것이 집에 있을지도 모르는 일이었다. 결국, 체크인을 강행하는 것은 포기해야 했다. 여행자는 자신을 스스로 잘 보살펴야 하고, 낯선 도시에서 충분한 도움을 받기가 힘들다는 것을 이미 바르셀로나에서의 경험으로 깨달았기 때문이었다.

완전한 이방인

배터리가 조금 남아있었던 K의 휴대폰으로 현지 경찰 전화번호로 발신을 했는데, 곧 수화기에서는 응급차와 소방차 중 무엇이 필요한지 묻기를 반복했나. 어디서부터 설명을 하고 무엇을 부탁해야 하는지 고민하다가, 바르셀로나에서 인근의 경찰서가 문을 닫았었고 한밤중에는 결국 아무것도 해결하지 못했던 일이 떠올랐다. 통화를 계속 시도하다가 휴대폰이 꺼져서 지도도 못 보게 되면 끝장이었다. 차라리 휴대폰 배터리를 아끼기로 하고 전화를 끊은 다음, 구글맵에 맥도날드와 스타벅스를 검색했다. 걸어서 삼십 분이 조금 넘게 걸리는 위치에 24시 영업을 하는 지점이 딱 하나 있었다. 지도를 볼 수 있는 휴대폰이 꺼지기 전에 그곳에 도착해야 했다. 여행 짐을 모두 들고 다시 어둡고 낯선 밤거리를 걸었다. 유일하게 열려있는 햄버거 가게를 찾아가는 길이 다소 외졌다. 인적도 없는 새벽에 울려 퍼지는 캐리어 끄는 소리가 우리를 더욱 불안하게 만들었다. 이런 사건을 겪은 직후에는 그 거리가, 마을이, 낯선 도시 자체가 섬뜩하게 느껴지곤 했다. 하물며 그때는 에든버러에 도착한 지 여섯 시간도 채 되지 않았었다.

다행인지 불행인지 길 위에서 한 사람도 마주치지 않고 목적지에 도착했다. 먹고 싶지도 않은 치킨 너겟과 사이다를 시켰다. 이번에는 웃음도 나오지 않았다. 마음의 안정을 되찾기 위해 잠시 가만히 앉아 시간을 보냈다. 그리고 여행을 계속하기 위해 다른 숙소를 구해야 했다. 그 숙소, 아니 그 거리로 돌아가는 게 내키지 않았다. 에어비앤비 측에 고객센터를 통해 상황을 설명해두고—에어비앤비는 사태를 파악한 후 하루 만에 기업 측 비용으로 환불을 해주었는데 그 일은 금액을 떠나서 아주 큰 위로가 되었다— 억지로 너겟을 입으로 밀어 넣으며 에든버러의 새로운 보금자리를 예약했다. 체크인은 오후 두 시였다. 나는 일찍 체크인을 할 수 있겠냐는 메시지를 보내 놓고 새로운 호스트가 잠에서 깨 답장해주기를 기다렸다.

쫓겨난 플랫의 호스트와 먼저 연락이 되었는데, 그녀는 상황을 듣고는 자기 이웃 중에 그런 폭력적인 남자가 있다는 것에 몹시 놀란 듯했다. 그러고는 그런 일을 겪었으면 경찰에 신고해야 했었다고 말했다. 나는 그저 돌아가지 않겠다는 의사를 전달하고 더는 할 말이 없었다. 어느새 아침 여섯 시가 넘어있었다.

문득 새로운 여행지에 왔는데 맥도날드에서 이렇게 죽치고 있는 것이 답답하게 느껴졌다. 이른 체크인이 가능한지 아닌지도 모르는 마당에

fringe
OUT OF THE BLUE
20

여기서 기다리고만 있으면 뭐 하겠냐고 K를 설득해 가게 밖으로 나갔다. 짐은 말할 필요도 없고 내 다리도 무거웠다. 해안마을의 짙은 안개 속에서 잠시 헤매다 에든버러 중심가로 가는 버스를 찾아서 탔다. 팔월, 에든버러 올드타운에서는 공연예술 축제인 프린지 페스티벌이 한창일 때였다.

에든버러 구시가지의 한 스타벅스는 고서점 같은 느낌을 풍겼다. 아직 손님이 거의 없어 조용했던 그곳에서 긴 직사각형의 창으로 구시가지의 풍경을 구경했다. 아침 햇볕이 점점 따스해질 무렵에는 아메리카노를 마시며 꾸벅꾸벅 졸았다. 카페인의 각성효과는 여행자의 눈꺼풀 위로 쏟아져 내리는 피로 앞에 무력했지만 그렇게 잠깐이나마 잠을 보충했

더니 쏘다니고 싶은 마음이 살아났다. 나는 K와 함께 그대로 에든버리 여행을 시작했다. 구시가지에서 미술과 음악 공연 등을 구경하다가 마트에 가서 음식을 샀다. 그리고 체크인 시간이 되어서는 버스를 타고 숙소에 들러 샤워와 식사를 하고 다시 시내로 나왔다. 이층 버스의 전망이 좋다고 해서 제일 앞자리에 앉았다가 쏟아지는 햇볕에 잠들어버렸을 만큼 지쳐있었다. 포르투에서 에든버러까지의 여행이 수면 없이 이어져서 시간의 흐름과 풍경이 낯설게 느껴졌다. 하지만 그런 것들이 여행을 멈출 이유는 아니었다. 어쩌면 하루분의 잠이 사라지고 거리 위의 순간이 대체한 것뿐이었다.

야구방망이를 든 남자에 대한 분노에도 불구하고, K는 지금까지도 에든버러를 소위 '인생 여행지' 중 한 곳—이유를 덧붙이자면 해리포터 시리즈의 팬인 것이 한몫했다—이라고 말한다. 마찬가지로 내게도 악몽 같은 밤의 기억이 생생함에도 에든버러는 꼭 한 번은 더 여행하고 싶은 도시로 남아있다. 그런 일을 겪은 도시에서마저도 여행이 반짝일 수 있다는 것이 놀라울 따름이다.

여행 때마다 느끼는 것은 수준 이하의 행동을 하는 소수의 인간 때문에 마음이 상해 내 시간을 허비할 필요가 없다는 것이다. 약 열흘 전에 바르셀로나에서 가방을 도둑맞은 이후와 흐름은 비슷했다. 어떤 사건을 겪고 나면 여행은 마치 보상처럼 다시 선물을 주고는 했다. 급하게 구한 에어비앤비 숙소는 잔디가 깔린 마당이 있는 이층 주택으로 저렴한 가격에도 비현실적으로 아늑했다. 영국 여행은 흐리고 비 오는 날씨가 문제라는데, 잠깐씩 빼고는 내내 화창했던 날씨도 우리를 기쁘게 했다. 에든버러에 머무는 동안 프린지 페스티벌이 열리던 거리에서 다양한 공연을 관람했고, 칼턴 힐에서 노을이 지는 풍경 아래 살사를 추는 열정적인 댄서들을 보았으며, 에든버러를 한눈에 내려다볼 수 있는 홀리루드 파크를 한참 동안 걷기도 했다. 스코틀랜드 국립 미술관에 가서 그림을 감상했고 빅토리아 스트리트에서 해리포터 상점을 구경하다가 바이올린 공연에 푹 빠지기도 했다. 이런 순간들이 모여 에든버러에 오자마자 상처받은 여행자의 마음을 조금씩 치료해주었다.

에든버러를 떠나기 위해 공항으로 가는 버스에 올랐을 때는 카드가 먹통이 되어 요금을 결제할 수 없었다. 어쩔 수 없이 내리려는 찰나에 한 부부가 K와 나 두 사람의 요금을 대신 내겠다고 나섰다. 한국 돈으

로는 만 원이 훌쩍 넘는 금액이었다. 그들과는 버스를 기다리며 대여섯 마디 주고받은 게 전부였다. 난폭한 위협으로 시작했던 에든버러 여행은 그렇게 따듯한 배웅으로 끝났고, 나는 최악의 박대를 경험했던 도시를 떠나면서도 나중에 한국에서 곤경에 빠진 여행자를 만나면 꼭 도와주어야겠다는 결심을 할 수 있었다.

폭풍 같았던 밤이 지나고 안개가 가득 끼어있던 포토벨로의 몽환적인 아침은 지금도 눈에 선하다. 구시가지의 고풍스러운 풍경을 담은 창문을 통해 들어오던 햇볕은 그 촉감까지 기억이 난다. 분명히 많은 여행자가 오늘도 지구별 어딘가에서 시련을 마주하고 있을 것이다. 누구라도 붙잡고 이건 좀 너무하지 않냐고 따지고 싶은 그런 일들. 내가 미래에 다시 낯선 곳을 여행할 때도 분명 그보다 더한 일을 마주하게 될 것이라는 생각은 이제는 예감이 아니라 확신에 가깝다. 그런데도 나는 당연하다는 듯이 다시 떠날 날을 기다리고 있다. 결코 여행이라는 미명하에 부당한 일—차별과 폭력에 관한 것이라면 더욱—을 억지로 감내할 필요는 없다. 다만 그대로 계속 걷다 보면 분명 눈부신 순간이 있을 것을 알고 있다. 타인의 기준과 상관없이 오직 내게 찬란한 순간이. 여행도 삶도 꾸준히 걷다 보면 언젠가 좋은 날이 있으리라는 것, 그것이 여행이 우리에게 건네는 단 하나의 약속이니까.

발랏의 골목골목 곳곳의 낡은 흔적이 매력을 증폭시켰다.

지나치게 꾸미지도,

세월의 흔적을 애써 지우려 하지도 않는 모습 때문일까.

여행의 속도를 조절하는 시간

여행 중 카페를 다니기 시작한 건 이십 대 초반 남해 여행부터였다. 남해에서 마지막 장소였던 다랭이마을을 떠나기가 아쉬워 마을 꼭대기 부근의 카페를 찾았었다. 잔잔히 비가 내리던 여름날로, 아이스 아메리카노가 놓인 창밖에는 우울함과 따듯함이 함께 느껴지는 풍경이 있었다. 자리에서 바로 보이는 돌아가는 버스의 정류장에, 타야 하는 버스가 몇 번이나 들어왔음에도 그냥 보내버렸다. 그때 처음 알았다. 여행이 길든 짧든 커피 마실 시간 정도는 있어야 한다는 것을.

이제는 방문하는 여행지마다 카페를 찾는다. 딱히 커피나 디저트가 유명한 도시가 아니어도, 달리 이름난 가게가 없어도 마찬가지다. 짧게는 삼십 분, 길게는 두 시간이 넘도록 시간을 보낸다. 주어진 시간이 짧은 여행지에서도 하루에 한 번쯤은 카페에 간다. 커피를 마시는 시간은 여행의 속도를 조절해준다. 내게 들려줄 이야기가 남은 장소를 너무 빨리 떠나지 않도록, 너무 성급하게 새로움을 갈구하지 않도록 도와준다. 거트루드 스타인의 말처럼 커피는 생각할 시간을 주기에 음료 그 이상이다. 그런 생각 때문인지 언제부턴가 여행지에 어떤 카페가 있는지 찾아보는 일이 내가 좋아하는 여행의 한 방법이 되었다. 여행지에 '카페 거리'가 있다고 하면 웬만하면 꼭 가보는 편이다.

여행을 시작하고 맞이한 첫 아침, 이스탄불에서 처음 방문한 곳도 카페가 많기로 유명한 발랏 지구였다. 비교적 최근에 주목받기 시작한 곳인데, 인터넷에 떠도는 사진 몇 장만으로도 가고 싶었던 장소였다. 발랏의 골목골목은 파스텔톤이 가득하여 화사했고, 곳곳의 낡은 흔적이 매력을 증폭시켰다. 지나치게 꾸미지도, 세월의 흔적을 애써 지우려 하지도 않는 모습 때문일까. 여행에서 오래된 골목을 만나면 좋은 점은, 현지의 생활을 가까이서 들여다볼 수 있다는 것이다. 시끄러운 거리의 아이들, 더위를 피해 커피를 마시고 음악을 듣는 사람들, 개나 고양이와 함께 살아가는 이들, 빨래를 너는 지극히 일상적인 모습 등. 여행이란 먼 나라 타인의 삶 또한 우리와 별반 다르지 않다는 것을 발견하는 과정이다. 그러면서도 미세하게, 혹은 도드라지게 다른 부분을 발견하는 게 재미있는 일이기도 하다.

발랏에서 처음 발견한 '다름'은 커피의 취향이었다. 골든 혼 앞으로 테라스가 펼쳐진 현지 카페를 찾았다. 더운 날씨에 거리를 구경하느라 체력이 떨어져 냉커피 생각이 간절했다. 그런데 종업원이 말하길 커피는 따듯한 종류뿐이고 대신 프라페 메뉴가 있다고 했다. 어쩔 수 없이 커피 대신 초코 프라페를 시켰다. 프라페라면 시원하게 마시면서도 잘게 갈린 얼음을 씹을 수 있어야 했다. 그런데 나온 음료는 그냥 거품이 떠 있는 '초코 주스' 같았다. 얼음은 처음부터 없었거나 너무 세게 갈려서 사라진 것 같았다. 마셔보니 따듯하지도 시원하지도 않고 미지근했다. 차라리 핫초코를 시킬걸. 프라페보다는 골든 혼을 바라보는 테라스의 경치에 더 깊은 풍미가 있는 카페였다. 다행히도 발랏 지구를 떠나기 전에 두 번째로 찾아간 인도풍의 카페에는 아이스커피가 있었다. 개성 있는 가게가 참 많은 발랏이었다.

이스탄불의 카페를 몇 곳 살펴보니 다들 여름에도 따듯한 커피와 차를 즐겨 마시는 듯했다. 발랏만이 아니라 이스탄불 카페에는 냉커피 메뉴가 아예 없는 경우가 많았다. 그래서 스타벅스에 자주 가게 됐다. 술탄 아흐멧 지구의 스타벅스는 혼잡한 거리에서 유일한 안식처였고,

보스포루스 해협 쪽으로 테라스가 뻗어 있는 스타벅스 베벡은 커피를 놓고 앉아 있는 것 자체가 휴양이 되는 곳이었다. 가격 또한 가장 큰 사이즈 음료 가격이 십오 리라도 하지 않아서 한국의 절반 수준이었으니 자주 가지 않을 이유가 없었다.

가끔은 현지의 특색 있는 커피를 마시는 것도 좋았지만 대게는 시원하게 마시고 싶었다. 여행 시기가 여름과 가을에 걸쳐 있었고 많이 걸어 다녔으므로 자주 갈증이 났다. 그런데 터키를 떠나 완전히 유럽으로 들어온 이후에도 콜드 메뉴가 있다고 해서 주문하면, 따듯한 커피와 얼음 컵을 따로 주어서 직접 부어 먹어야 하는 경우가 많았다. 그런 일을 자주 겪고도 계속해서 로컬 카페를 찾아다니긴 했지만, 꼭 익숙한 종류의 냉커피가 마시고 싶을 때는 스타벅스에 가는 것으로 문

제를 해결했다. 세계적인 커피 브랜드의 매장을 여러 도시에서 찾아보는 것도 나름 즐거웠다.
같은 브랜드 매장이지만 창밖으로 보이는 경치가 훌륭하거나, 인테리어에 색다른 요소가 있어서 좀 더 기억에 남는 곳들도 있었다. 앞서 말한 이스탄불의 베벡이나 창밖으로 프라하의 분위기가 그대로 전해지던 구시가지 광장의 매장이나, 비가 내리던 때 찾아간 암스테르담 센트럴 바깥쪽 매장 등이 그랬다. 반대로 전혀 가지 않은 도시도 있었는데 영국 런던과 터키 카파도키아였다. 분위기 좋은 현지 카페가 많은 데다가 아이스커피도 쉽게 찾을 수 있었다.

여행은 모든 것이 새롭다. 다시 말해 낯설다. 여행자는 낯선 거리에서 수많은 이유로 위협이나 불안을 느끼곤 한다. 소매치기를 조심해야 하는 도시라고 하는데 인파가 너무 몰려있거나, 왠지 위협적인 분위기를 풍기는 무리와 맞닥뜨리거나, 단지 누군가의 곱지 않은 시선을 마주하는 것만으로도 낯선 도시에서는 긴장할 수밖에 없다.
여행 중에 스타벅스에서 커피를 마시는 일은 낯섦으로 가득한 세계에서 익숙함을 발견하는 일이 된다. 어느 도시에서나 왠지 모를 안도

감—안타깝게도 안도감은 가끔 방심(放心)이 되어서, 바르셀로나에서는 쥐도 새도 모르게 소매치기를 당하기도 했지만—이 든다. 종업원들은 단지 매뉴얼을 따를 뿐이라 하더라도 친절하게 맞이해준다. 메뉴판부터 플라스틱 용기, 빨대, 작은 종이 한 장 등 많은 것들이 지금까지 흔히 보아왔던 것들이다. 낯선 도시에서 한 곳쯤 편안히 쉴 수 있는 장소가 있다는 것은 반가운 일이다.

마음에 드는 현지 카페를 발견하는 기쁨은 더 컸다. 이름이 기억에 남아 있는 곳 중에서는 괴레메의 킹스 커피, 런던 서머싯 하우스의 카페, 포르투 상 벤투 역 부근의 크레모시, 에든버러의 킬리만자로 커피 등이 시간을 보내기에 좋았다. 그 지역에 가야만 방문할 수 있는 카페가 여행의 기분을 내기에는 더 좋은 것이 사실이었다.
매 순간 커피와 카페는 급하게 흘러가 버릴 수 있는 여행의 속도를 늦춰주는 존재였다. 가끔 여행자는 자신의 여행을 통제하지 못하고 이끌려 다니게 된다. 주어진 시간이 한정적일수록 더욱더 그렇다. 돌이켜보면 나 또한 그랬던 순간이 없지 않았다. 가봐야 한다는 명소가 많을수록 발걸음을 재촉하게 되는 경우가 많았다.

하지만 굳이 모든 것을 보기 위해 애쓸 필요는 없다. 만약 여행이 일상의 의무에서 벗어나 자신의 의지대로 시간을 쓰기 위한 여정이라면, 조금 더 천천히 걸어도 좋을 것이다. 모두가 카페를 찾아다닐 필요는 없다. 다만, 이름난 곳에 전부 다녀오기 위해 애쓰기보다는 자신의 기준으로 시간을 투자하는 게 좋지 않을까.

파리 산책

프랑스에 도착한 것은 여행을 시작한 지 사십 일쯤 지나서였다. 예정대로 파리에서 사박 오일을 머무르며 루브르, 에펠탑, 개선문, 노트르담 대성당, 디즈니랜드 등 하루에 한두 곳씩 유명한 장소를 골라서 다녀왔다. 파리의 명소들은 대부분 이름값을 했다. 상당히 유명한 장소는 막상 직접 보게 되면 실망하는 경우도 있는데, 에펠탑은 실망과는 거리가 멀었다. 나머지 시간은 그저 센강 주변을 걷거나 적당한 곳에서 커피나 맥주를 마셨다. 서점이나 공원에서 꽤 긴 시간을 보내기도 했다. 느긋하게 파리를 즐겼는데, 막상 마지막 밤이 되니 떠나기가 아쉬웠다. 보통 유럽 여행에서 한 도시에 사박 오일이면 짧게 머문 편은 아니었지만, 파리에서의 시간은 유난히 부족하게 느껴졌다. 그래서 원래 파리를 떠날 예정이었던 날, 시내에서 조금 떨어진 파리 14구에 다시 숙소를 구하고 더 머물기로 했다.

숙소를 옮기고 몽마르트르 언덕에 갔다. 원래는 브뤼셀이나 암스테르담으로 가려고 생각했던 날이었다. 백색 자태의 사크레쾨르 대성당을 뒤에 두고 파리가 한눈에 내려다보였다. 이제 막 구월이 된 참이었는데, 이미 가을 분위기가 물씬했다. 성당 주변을 살피고 언덕을 따라 천천히 걸었다. 여행이 얼마 남지도 않았는데 굳이 파리에서의 시간을 연장한 이유를 나도 모르겠지만, 사크레쾨르 대성당 아래의 푸른 잔디와 따듯한 햇볕이 내리는 언덕 한쪽의 벤치를 오가며 여유로운 시간을 보내보니 한 가지는 알 것 같았다. 아직 가보지 못한 파리의 명소를 하나라도 더 방문하고 싶어서는 아니었다.

떠나는 게 아쉬워 연장한 파리 여행이 다시 마지막 날이 되었을 때, 하루 동안 했던 것은 걷는 일뿐이었다. 파리는 참 걷기 좋은 도시다. 루브르 박물관을 지나 센강을 따라 걷다가 퐁뇌프에 오르면 곧 노트르담 대성당이 있는 시테섬이 나오고, 대성당 앞에서 다시 센강을 건너면 셰익스피어 앤드 컴퍼니가 있다. 가난했던 젊은 시절의 헤밍웨이에게 책을 빌려주었던 실비아 비치의 서점이다. 오래된 흔적이 묻어나는 서점 곳곳을 살피고 있으면 위대한 작가가 이곳에서 보냈을 시간을 제멋대로 그려보게 된다. 서점 근처에서 커피를 한 잔 마시고 다시 걷다 보면 생 미셸 분수 앞에서 버스킹하는 소리가 들려온다. 강이 가까운 거리로 걸으면 강변에 앉은 채로 센강의 풍경이 되어버린 사람들이 보인다. 오르세 미술관이 제법 크게 보일 즈음 아무 다리나

골라서 다시 센강을 건너면 뛸르히 정원이 나타난다. 동그란 분수를 따라 놓인 녹색 의자에서 지친 다리에 잠시 휴식을 줄 수 있다. 뛸르히에서 여유를 즐기는 파리지앵들을 뒤로하고 개선문이 있는 방향으로 걸으면 콩코르드 광장이 나오고 금세 샹젤리제 거리다. 에투알 개선문이 작은 크기로 보인다.

샹젤리제 거리에는 한국보다 빠르게 가을이 와 있었다. 콩코르드 광장에서 개선문까지 이어지는 직선의 거리 양쪽으로 주황빛이 되어가는 나무들이 줄지어 서 있었다. 쌀쌀한 바람, 떨어지는 낙엽은 여행이 끝나간다는 것을 상기시켰다. 한국은 여전히 꽤 덥겠지. 나는 미리 맞이한 가을에서 끈질긴 여름으로의 역행을 겪으며 일상으로 돌아가야 했다. 그게 섭섭하기는 해도 꼭 슬프지만은 않았다. 한국에도 곧 가을이 올 테니까. 계절이 돌아오듯 여행도 언젠가는 돌아올 것이다.

그냥 그대로 계속 걸었다. 걸어 다니는 곳곳에 박물관이나 미술관이 있었지만, 그날만큼은 내키지 않았다. 클로드 모네의 〈수련〉 연작이 있는 오랑주리 미술관도, 아름다운 시계탑으로 유명한 오르세 미술관도 그냥 지나쳤다. 파리에는 워낙 유명한 장소가 많고, 여전히 내가 가보지 못한 미지의 세계로 남아있었다. 마지막 날이니 하나 정도는 찾아가 봐야 할까, 라는 생각이 들기도 했다. 파리에 올 기회는 흔치 않으니까. 하지만 그런 의무감으로 여행하기는 싫었다.

여행에서도 조급함을 버리기는 좀처럼 쉽지 않았다. 먼 곳일수록 더더욱. 언제 다시 올 수 있을지 모른다는 생각이 미련으로 남았다. 그래서 가끔은 스스로 걸음을 재촉하기도 했다. 여행에서만큼은 그러지 말자고, 그럴 필요도 전혀 없다는 걸 이제는 안다고 생각한 뒤에도 이따금 시간에 쫓기는 기분을 느꼈다. 미처 걷지 못한 길을 바라보면서 아쉬운 걸음을 돌리기도 했다. 실체를 모르는 무언가에 쫓기는 것도, 지금과 다른 길을 걸었으면 어땠을까 생각해보는 것도 어쩌면 전혀 새롭지 않았다.

REINE

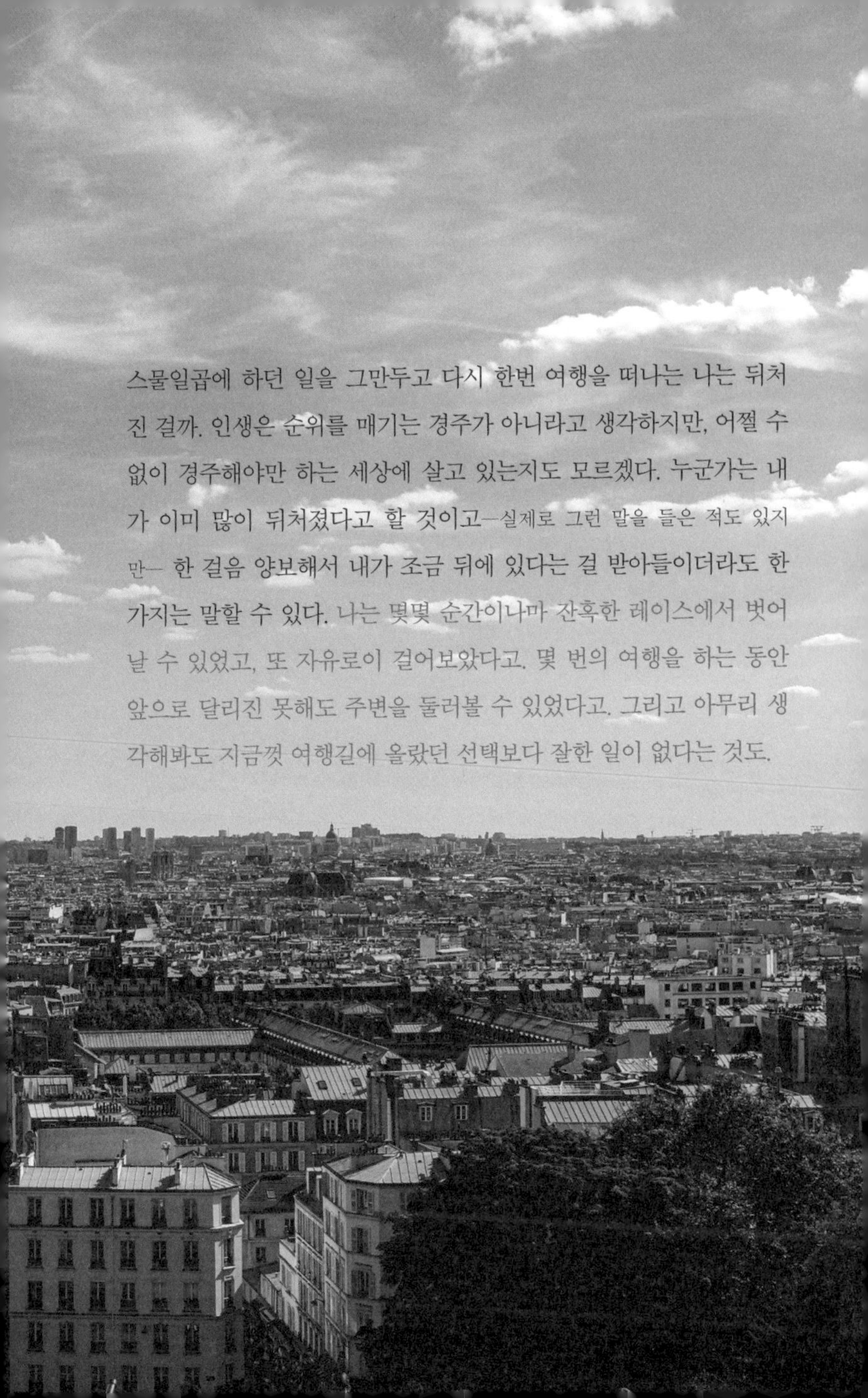

스물일곱에 하던 일을 그만두고 다시 한번 여행을 떠나는 나는 뒤처진 걸까. 인생은 순위를 매기는 경주가 아니라고 생각하지만, 어쩔 수 없이 경주해야만 하는 세상에 살고 있는지도 모르겠다. 누군가는 내가 이미 많이 뒤처졌다고 할 것이고—실제로 그런 말을 들은 적도 있지만— 한 걸음 양보해서 내가 조금 뒤에 있다는 걸 받아들이더라도 한 가지는 말할 수 있다. 나는 몇몇 순간이나마 잔혹한 레이스에서 벗어날 수 있었고, 또 자유로이 걸어보았다고. 몇 번의 여행을 하는 동안 앞으로 달리진 못해도 주변을 둘러볼 수 있었다고. 그리고 아무리 생각해봐도 지금껏 여행길에 올랐던 선택보다 잘한 일이 없다는 것도.

떠나는 여행자의 뒷모습

여행자의 뒷모습을 본 적이 있다. 캄캄한 새벽 설레는 마음으로 여행길에 오르는, 배낭을 멘 여행자의 모습이었다. 아쉬운 마음을 꾹꾹 눌러 담고 돌아가는 비행기를 타기 위해 캐리어를 끌며 걷던 또 다른 여행자의 뒷모습도 떠오른다. 돌바닥과 낡은 바퀴의 마찰음은 요란했고 바람마저 차가웠지만 그 걸음만은 씩씩했다. 언젠가 스쳐 지나갔던 어느 여행자의 뒷모습처럼, 나도 그렇게 돌아서고 싶다. 마음 깊이 아쉬워하면서도 걸음만은 담담하게. 이별은 진정으로 아쉬워하면서도 삶을 똑바로 마주 보고 걸을 힘을 얻은 사람의 뒷모습처럼.

기차역을 나오니 익숙하지 않은 냄새가 코끝을 찔렀다. 고개를 돌리니 돌돌 말린 갈색 막대를 입에 물고 있는 사람이 보였다. 모양은 담배와 비슷했는데 색과 냄새가 썩 달랐다. 조금 역했다. 반면에 눈앞에 놓인 풍경은 긴장한 여행자를 무장해제 시키려 들었다. 깨끗하고도 세련된 시설, 떠날 준비를 하는 트램, 눈길 닿는 곳마다 흐르고 있는 강, 그 위의 배들, 유럽 특유의 고풍스러운 건물들, 마치 연습장에 그린 2차원 성 같이 생긴 주황색 기차역까지. 마리화나가 합법인 조금 낯선 도시, 운치 있는 운하의 도시. 마지막 여행지인 암스테르담에 도착했다. 어쩌다 보니 마지막 여행지에 가장 짧은 시간을 머무르게 됐다. 파리에서의 일정을 즉흥적으로 늘렸기 때문이었다. 암스테르담에 머물 수 있는 시간이 이틀밖에 없다는 것을 생각하니 도시가 조금 다르게 보였다. 첫인상이 마음에 드는 만큼 남아 있는 시간이 짧은 것이 아쉬웠다.

돌이켜보면 가끔 여행에 무뎌지기도 했다. 때로는 여행마저 권태롭게 느껴졌다. 처음에는 그 사실을 인정하고 싶지 않았다. 그런데 언제부터인가 어느 아름답다는 성당을 가도 큰 감흥이 없었다. 비교적 오래 머무른 도시에서는 탄성을 자아내던 풍경마저 익숙해지는 기분도 경험했다. 새벽에 일어나 짐을 싸는 것이 더없이 피로하게 느껴지는 때가 점점 많아졌다. 새로운 세상을 만나는 일마저 결국 권태로워질 수 있다니. 하지만 권태라는 게 얼마나 절대적인가에 관해서는 아직 답을 모르겠다. 왜냐하면, 여행 중의 권태는 결코 오래간 적이 없었다. 무뎌진 감각을 깨우는 것은 여행에서만큼은 그리 어려운 일이 아니었다. 여행 중에는 평소보다 좀 더 감동할 줄 아는 사람이 되기 때문일 것이다.

DELFTWARE OLD NEW

SIGHTSEEING

허락된 시간이 이틀 남짓하다는 그 사실만으로도 여행자의 감수성을 예민하게 만들었다. 그래서인지 내게 암스테르담은 물리적으로 주어졌던 시간보다는 조금 더 긴 장면으로 남아있다. 일주일씩 머무르며 이따금 늘어지기도 했던 도시에서와는 달리 한순간 한순간이 조금 더 깊게 새겨졌다. 무언가 느끼려면 긴 여행을 해야 한다고들 말하지만, 나는 여행에서 기간이 그렇게 중요한 요소인지는 아직 잘 모르겠다. 여행의 충만함을 결정짓는 것은 체류 시간이 아니라 여행자 각자가 가진 시선이 아닐까.

어느덧 여행의 마지막 날. 평소보다 조금 일찍 숙소를 나서서 암스테르담 시내에 갔다. 파리보다도 바람이 차가웠다. 두툼한 겨울옷을 입은 사람도 여럿 보였다. 두 달 동안 계절을 조금 빠르게 지나왔다.
암스테르담은 여행의 마지막 날을 보내기에 적당한 곳이었다. 제일 먼저 트립어드바이저 표시가 붙어 있는 미트볼 식당에서 이른 점심을 먹었다. 그러고는 중앙역 근처의 분위기 좋은 스타벅스에서 커피를 마시고, 다시 트램을 타고 싱겔 꽃 시장에 갔다. 네덜란드답게 튤립이 많았다. 그러고 보니 여행 중에 꽃구경을 목적으로 온 곳은 처음

이었다. 기념품 가게에 들러 반 고흐의 〈해바라기〉가 그려진 유리잔도 샀다. 여행이 길다 보니 사고 싶은 물건을 볼 때마다 참아야 했었는데, 이제는 짐이 좀 늘어나는 것도 두려워할 필요가 없었다. 예전에는 여행 중에 기념품 사는 것을 별로 안 좋아했는데, 무슨 일인지 여행을 다닐수록 덤덤해지기는커녕 기념품을 갖는 게 좋아진다. 내 방 한편에 놓인 추억이 담긴 물건이 문득 힘이 되어줄 때가 있다는 걸 알게 된 탓이라고 변명하고 싶다.

꽃 시장을 나와 암스테르담의 상징과도 같은 운하를 따라 이리저리 걷다가 다시 카페에 갔다. 라테를 마시며 여행 마지막 날의 정서를 좀 헤아려보려는데 밖에서 자꾸 대마초 향이 흘러들어왔다. 암스테르담에서 한참을 더 지내도 적응이 되지 않을 것 같은 냄새. 냄새만으로 대마초인 걸 안다고 하면 피워본 게 아니냐고 물을 수도 있지만, 그 향을 한 번만 맡아보면 누구나 '아, 이거구나!' 싶을 거다. 어쩌면 그때가 암스테르담 여행에서 유일하게 불만족스러웠던 순간일지도 모르겠다. 뭐, 억지로라도 유쾌해지려면 짜증을 내는 대신, 이렇게 말할 수도 있겠다. "네덜란드에 온 덕분에 대마초 냄새도 맡아보네!"

온종일 비가 내리고 멎기를 반복했다. 싱겔 시장 근처의 영문학 서점에서 책을 구경하는데 창밖으로 비가 쏟아질 때는 왠지 기분이 좋았다. 암스테르담의 분위기에는 왠지 비가 잘 어울렸다. 비 오는 날에는 서점만큼 아늑한 공간이 없다. 그렇지만 중앙역으로 돌아와 감자튀김을 사 먹으려고 줄을 서 있는데, 비가 추적추적 내릴 때는 그렇게 유쾌한 기분은 아니었다. 늦은 밤, 반 고흐 미술관에 갔다가 돌아오는 거리에서 쏟아지는 비를 맞을 때는 진심으로 비가 그치기를 바랐다. 비를 맞으며 맥주를 파는 마트를 찾아다닐 때는 짜증이 나면서도 괜히 웃음도 났다. 내가 감응하는 방식에 따라 달리 느껴지는 것이 비단 쏟아지는 비뿐일까. 세상이 어떻게 다가오는 가는 결국 내가 어떻게 보는가의 차이일 것이다.

여행의 마지막을 이렇게 쓰면 어떨까. 여행은 우리를 성장하게 만든다. 그럴듯한 문장 같지만 사실 나는 확신이 없다. 나름대로 꾸준하게 여행을 다녔지만 그에 비례해서 성장한 것 같지는 않다. 시야가 넓어졌는지는 몰라도 여행 때문에 더 철없는 아이가 된 것도 같다. 하지만, 만약 여행 중 우리가 조금이라도 성숙해지는 때가 있다면, 분명

그 지점에는 어떤 이별이 있을 것이다. 여행이 곧 삶이고, 삶 또한 하나의 여행이라는 말에 공감하는 이유도 그 때문이다. 만남과 이별의 연속이라는 것. 삶에서 가장 가치 있는 두 가지가 여행에 고스란히 담겨 있다.

자, 이제 떠나자. 여행으로부터 떠나자. 약속한 시간이 왔으니.

여행을
충만하게
채워주는 것

나의 지난 여행은 보통 혼자이거나 아니면 혼자나 다름없는 정도로 편안한 한 사람과 함께하거나 둘 중 하나였다. 그런데 돌이켜보면 오롯이 혼자 하는 여행이라는 게 과연 있을까 싶다. 여행에서는 언제나 어떤 인연을 만나고는 했었고, 타인의 도움을 받아 무사히 여행을 이어나간 경우도 많았다. 결국에는 다시 혼자가 되는 좀 쓸쓸하기도 한 순간은 필연적으로 찾아왔지만, 그들이 없었다면 다채로운 감정을 마주하며 여행하지도, 어쩌면 무사히 집으로 돌아오지도 못했을 것이다.

나는 여행을 준비할 때 숙소 예약에는 크게 우선순위를 두지 않는 편이다. 숙소의 환경이 여행에 미치는 영향이 꽤 크다는 의견에는 동의하지만, 경험상 미리 알아본다고 한들 넘쳐나는 숙박업체 속에서 고민만 쌓일 뿐이었다. 블라디보스토크 여행도 한두 번 검색만 해봤을 뿐 본격적인 준비는 계속 미루고 있었다. 혼자 가는 것이었기에 대신 숙소를 알아봐 줄 사람도 없었다. 떠나기 약 일주일 전, 에어비앤비 애플리케이션에서 계속해서 보내오는 방이 얼마 남지 않았다는 알람을 지겨워하다가 블라디보스토크에는 어떤 보금자리가 있나 구경이

나 해보자며 숙소를 알아보기 시작했다. 대부분 예약을 재촉하는 알람은 거의 신경 쓸 필요도 없었지만, 웬걸 그때는 정말로 숙소가 많이 남아있지 않았다. 여행 초반 이삼일 정도 머무를 숙소라도 잡아둬야겠다는 생각으로 열심히 검색하다가 태양계의 어느 행성과 비슷한 이름의 게스트하우스를 발견했다. 사람들은 시설이 깔끔한 편이고 시내에서 떨어져 있어 시끄럽지 않았다는 장점과 언덕을 오르는 게 힘들었다는 단점을 평으로 남겨놓았다. 나는 언덕이야 좀 걸으면 그만이라고 생각하며 천천히 사진을 둘러보다가 충동구매를 저지를 때와 비슷한 기분으로 더 생각하지 않고 그대로 예약했다. 그리고 숙소에 관한 생각은 다시 무의식 깊은 곳에 넣어두었다.

일주일 뒤 블라디보스토크에 도착한 저녁, 나는 지도를 보며 발에 땀이 나도록 언덕을 오르고 있었다. 앞서 같은 게스트하우스에 지낸 사람이 오가는 길이 하도 힘들어서 택시를 부르기도 했었다는 말을 백번 이해할 수 있었다. 그렇다고 해서 또 걷지 못할 만한 수준은 아니었지만, 여하튼 배낭을 멘 여행자에게 그다지 편한 길은 아니었음이 확실했다. 한참 언덕을 올라 골목 안 몇 개의 숙소를 지나고 폐가 뒤

편의 가장 깊숙한 곳에 내가 묵을 숙소가 눈에 보였다. 아기자기한 외관의 첫인상이 딱 마음에 들었다. 친절한 매니저의 안내를 받아 방을 둘러보니 나의 충동구매가 실패하지는 않은 듯했다. 그럭저럭 아늑한 도미토리의 이층 침대와 욕실, 넓진 않지만 뭐든 해먹을 수는 있어 보이는 주방, 밤이면 글을 쓰거나 독서를 할 수 있을 법해 보이는—훗날 착각이었다는 것이 밝혀졌지만 그때는 그렇게 보였다—거실까지. 작고 소소한 분위기의 편안한 게스트하우스였다.
매니저는 잠시 이야기를 나누다 배가 고프냐고 묻더니 '러시안 애플'이라고 말하며 미소와 함께 작은 과일을 하나 건넸다. 정확한 품명은 모르겠으나 '애플' 종류인 것은 확실했는데 루비에스처럼 일반적인 사과보다 몹시 작았다. 한 주먹에 쏙 들어오는 그 작은 사과는 빛깔도 고와서 어찌나 앙증맞던지, 나는 그것을 차마 먹지 못하고 머무는 동안 침대 한쪽에 고이 올려두었다. 그래서인지 그 게스트하우스는 나에게 그 과일과 같은 기억으로 남아있다. 작지만 잊을 수 없는 치명적인 매력의 그 러시안 애플처럼.

홀로 여행할 때 귀찮음을 제외하고 숙소 예약에 크게 공을 들이지 않는 또 다른 이유는, 잠자리가 예민한 편이라 소음이 적은 숙소를 선호하는 편인데 시내에서 어느 정도 떨어져 있고 조용하다는 평이 지배적인 숙소에 간다고 한들 함께 지내는 사람들이 숙소를 시끄럽게 사용하면 말짱 도루묵인 경우가 태반이었기 때문이다. 결국 내게 숙소를 선택하는데에 있어 가장 중요한 조건이 '숙소에 함께 지내는 사람들이 어떠하냐'는 운에 달린 셈이다. 다른 여행자들과 어울리는 것은 보통 즐겁긴 하지만, 그때의 나는 왠지 그럴 기분이 아니었다. 첫째 날에는 아래층 침대에 머무는 한국인과 매니저 외에는 대화를 나누지 않았다. 거실에서 들려오는 여행자들의 소리는 소음으로만 느껴졌고, 새벽까지 떠들어 잠을 깨운 사람들에게는 시간이 늦었으니 좀 조용히 해달라고 부탁하기도 했다. 굳이 사람들과 어울려 하지 않으면서 나만의 벽을 가지고 지냈다. 혼자 여행하는 동안 만남과 이별을 반복하는 과정에서 찾아오는 감정들을 마주하지 않고자 그랬던 것인지, 게스트하우스에서 새로운 사람들을 만나는 경험은 이제 충분하다는 정체불명의 오만함이었는지 확실히는 모르겠다.

그런데 숙소에서 마지막 밤, 나도 다국적 토크쇼의 참여자가 되는 일

이 생겼다. 루스키섬에서 준비 없이 폭우를 만나 흠뻑 젖어서 돌아온 날이었다. 따듯한 물로 샤워를 하고 주방에서 라면을 끓였다. 인덕션이 서서히 달아오르는 동안 냄비 앞에 서서 한국 라면을 뜯고 있었다. 갑자기 안경을 쓴, 서른 좀 넘어 보이는 덩치 큰 백인 남자 한 명이 대뜸 말을 걸어왔다. "이거 네 거야?" 순간 라면을 말하는 것인가 하는 착각이 들어서 흠칫했다. 같이 먹자고 물어보는 건가. 하지만 내가 멈칫하는 사이에 그는 냄비 옆에 놓인 국그릇을 가리켰다. 그도 파스타 비슷한 어떤 면 요리를 하고 싶어 하는 눈치였는데, 숙소에는 면을 옮겨 담기 제격인 국그릇이 딱 하나뿐인 까닭이었다.

국그릇을 사수하고 잘 익은 라면을 주방의 테이블로 옮겼다. 자리를 잡아두고는 냉장고에서 러시아를 연상시키는 불곰이 그려진 캔맥주를 꺼내왔다. 맥주가 든 캔에서 전해지는 차가운 촉감은 고단한 여행을 마치고 하는 샤워의 온기만큼 좋았다. 숙소에는 게스트가 이용할 수 있는 공용 테이블이 단 두 개뿐이었는데, 홀로 라면에 맥주를 즐기고 있는 동안 야식을 먹으려는 사람들이 하나둘 캔맥주를 하나씩 들고 모여들기 시작했다.

여행자들이 한 테이블에 모이니 자연스레 대화가 오갔다. 다양한 국적의 사람들이 있었는데 처음에는 언어가 쉽게 통하는 사람들끼리 대화를 하면서 몇 개의 주제들이 동시에 테이블 위를 날아다녔다. 나는 우리말을 워낙 잘해서 당연히 한국인일 것이라 착각했던 중국인 남녀와 한국인 여행자 몇 명과 함께 대화를 나눴다. 그러다 영어로 대화를 나누던 이스라엘 남자와 홍콩 남자가 합류하면서 한국인, 중국인, 이스라엘인, 홍콩인이 동시에 참여하는 다국적 토크쇼가 시작됐다.

중국인 통역사 Y는 한국어와 중국어에 능했고, 다른 중국인인 찬은 중국어와 영어, 유창하진 않았지만 한국어까지 할 줄 알았다. 홍콩 남자는 영어와 중국어를 할 줄 알았고, 이스라엘 남자도 영어를 모국어 수준으로 구사할 수 있는 것 같았다. 신기하게도 홍콩 남자와 이스라엘 남자를 제외하고는 모두 한국말을 할 줄 알았고, 한국말을 알아들을 수 있는 찬이 영어에 능통해서 어느 정도 모두 함께 대화할 수 있었다.

여행자들은 알 수 없는 러시아 현지 인스턴트 음식을 안주로 나눠 먹으며 맛이 이상하다면서 다국적 웃음소리로 킬킬거렸고, 누구는 불곰이 그려진 러시아 맥주를 마시는데 누구는 여기까지 와서 한국 맥주를 마신다며 실소가 섞인 대화를 주고받기도 했다. 찬은 한국 배우를 만났다며 시종일관 함께 찍은 셀카를 만나는 사람마다 보여주고 다녔고, 니는 조그마한 숙소에 한국의 유명 영화배우와 같은 날 머무르면서도 그가 체크아웃할 때까지 한 번도 마주치지 못했다는 사실이 아주 조금 안타까웠다. 학구열이 강했던 이스라엘 남자는 자꾸만 한국어의 '-습니다'가 어떤 상황에 붙는 것인지 물어봐서 그것이 나이가 많은 사람이나 초면인 사람에게 공손하게 쓰는 표현이라고 알려주어야 했다. 그러자 그는 한국인 한 명이 방으로 들어갈 때 어눌한 한국말로 '잘 자요습니다'하고 인사를 해서 거기 있던 한국인 모두를 한참 동안 웃게 했다. 앞서 누군가 굿나잇과 비슷한 밤 인사라고 알려준 '잘 자요'를 스스로 응용한 것이었다.

다채로운 모임이었던 만큼 교훈적이거나 감동적인 이야기는 없었느냐고 묻는다면, 사실 그런 것들은 잘 기억이 나지 않는다. 잊을 수 없는 여행의 하룻밤, 다양한 언어로 펼쳐지던 그 날의 잡다한 이야기들이 오래도록 마음속에서 메아리치고 있을 뿐. 내가 통제할 수 없는 '사람 운'이 좋았던 것일까. 나에게 블라디보스토크 어느 언덕 위의 조그마한 숙소에서의 시간은 하나의 즐거운 여행으로 남아있다. 작고 소소한 대화들이 끊이질 않는 곳이자 여행자들이 부대끼며 웃고 떠들 수밖에 없는 곳. 주방에 테이블이 하나뿐이라 어쩔 수 없이 다른 나라의 여행자들과 함께 식사하게 되고 그러다 보면 어느덧 정체불명의 다국적 토크쇼가 펼쳐지는 게스트하우스. 다 같이 웃고 떠들던 밤이 지나면 다음 날 아침에 또 브런치를 먹으며 웃으며 인사를 건네고는, 각자의 여행을 찾아 다시 문을 나서서 떠나가는 그런 곳. 홀로 여행하는 이에게는 그런 시간이 지나가면 이따금 외로움이 찾아오는 것도 사실이다. 하지만, 혼자 하는 여행을 충만하게 채워주는 것들 또한 바로 그 다양한 감정이 아닐까.

아직
여행길에 있다

내릴 듯 말 듯 하던 비는 한번 탄력을 받자 온 힘을 다해 쏟아지기 시작했다. 한 치 앞도 보이지 않을 만큼 굵고 거센 폭우가 순식간에 머리칼을 적시고, 온몸을 타고 흘러내렸다. 나는 산속을 빠져나온 지 아직 얼마 지나지 않았고, 비를 피할 장소라고는 보이지 않는 루스키섬 깊숙한 지점의 도로 위를 걷고 있었다. 쉬지 않고 쏟아지는 굵은 빗줄기 때문에 스마트폰 화면을 터치할 수도 없어서 택시를 부르기는커녕 지도도 볼 수도 없었다. 폭우 속을 얼마나 걸어야 할까, 눈앞이 캄캄해졌다. 방수가 가능한 백팩 위로는 물이 고이다 못해 넘쳐서 흘러내렸다. 천둥의 굉음은 짙은 공포감을 더했다.

루스키섬은 블라디보스토크 남쪽에 있는 거대한 섬이다. 도심에서 꽤 멀고, 깊숙이 들어가면 대중교통을 이용하기가 조금 불편하다. 투어가 아닌 대중교통으로 루스키섬에 들어왔을 때부터 그 사실을 알고는 있었지만, 섬이 가진 천혜의 풍경에 흠뻑 빠져서 들판과 절벽이 있는 해안가로 해가 질 때까지 쏘다녔다. 땅거미가 지고 비가 잔잔히 내리기 시작해서 돌아가야겠다고 결심한 뒤에도 넓은 대로변을 따라 걷는 것이 좋았다. 도심으로 돌아갈 계획이 확실치 않아도 숙소로 가는 길이 멀게 느껴지지 않았다. 자유로운 여행자라는 감상에 도취해서 늦은 시간도, 먹구름도 전혀 개의치 않고 걸었다. 그러다 상황이 순식간에 변했다. 뒤에는 러시아인 커플이 뒤따라 걷고 있었는데, 그 상황에서 혼자가 아니라는 것은 엄청난 위안이었다.

계속 걷다 보니 다른 한 무리의 러시아인들이 모여 있는 것이 보였다. 그들 주변에도 비를 피할만한 구조물은 하나도 없었다. 그런데 발밑의 도로가 지금까지와는 다른 형태로 나누어져 있는 게 보였다. 사람들에게 물어보니 루스키섬에서 버스가 다니는 가장 안쪽, 마지막이자 첫 번째 정류장인 장소였다. 버스정류장을 발견했다는 것은 천만다행이었지만 빗방울은 더욱 거세졌고 폭우는 점점 맨몸으로 견디기 힘든 수준으로 쏟아졌다. 해도 완전히 저물어서 추위에 온몸이 덜덜 떨리기 시작했다. 버스도 몇 대 다니지 않는 장소였고, 배차 간격도 몹시 길어서 언제 차를 탈 수 있을지 모르는 노릇이었다. 재수가 없으면 한 시간도 넘게 기다려야 하는데, 여기서 계속 버스를 기다려야 하는지 더 걸으며 비를 피할 곳을 찾아봐야 할지 감이 잡히질 않았다. 하늘에 구멍이라도 난 것인지 빗물에 가려 앞도 잘 보이지 않았다. 우선 도로에서 벗어나 풀숲의 작은 나무 아래로 몸을 숨겼지만, 상황은 별반 나아지지 않았고 체온은 자꾸만 떨어졌다. 대여섯 명쯤 되는 주변의 러시아인들도 속수무책인 모습을 보니 이러다 정말 큰일이 날지도 모르겠구나, 하는 생각이 스쳐 지나갔다. 그 와중에 한 남자는 비를 막을 좋은 아이디어라고 생각했는지 갑자기 바닥에 떨어진 커다란 나무판자를 양팔로 들고 자발적으로 벌을 서기 시작했다. 결과는 물론 무용지물이었다.

'콰르릉'하는 몹시 큰 천둥소리가 한차례 하늘을 찢고 나와 어두운 섬을 덮쳤다. 영화 같은 순간이었다. 장르는 공포 혹은 재난이나 지구멸망. 모두가 거의 동시에, 홀린 듯 히치하이크를 시도했다. 나 역시 마찬가지였다. 낯선 곳에서 모르는 사람의 차를 얻어 타기가 불안하기도 했지만 그런 것을 신경 쓸 상황이 아니었다. 누구라도 제발 루스키섬 바깥쪽으로, 아니 비를 피할 수 있는 어느 곳에라도 데려다준다면 엎드려 절이라도 할 수 있는 심정이었다. 하지만 가끔 스쳐 지나가는 차들은 무심할 뿐이었다. 하긴, 이런 폭우에 젖어 다리에 흙탕물까지 흘러내리는 타인을 차에 태워줄 사람이 얼마나 될까.

그칠 기미라곤 코빼기도 안 보이는 물줄기에 마음이 좀 불안해졌던 나는 주변 아무나 붙잡고 어디로 가느냐고 거의 소리치며 묻기 시작했다. 상황이 심각해지니 누군가와 무슨 말이라도 섞고 싶었다. 같은 방향으로 가는 사람이라도 발견하면 조금이라도 마음이 놓일 것 같았다. 짧은 영어라도 할 줄 아는 사람이 별로 없어서 대화가 잘 되지는 않았지만, 불안한 나는 계속해서 말을 걸어야만 했다.

그러다 조금 먼 거리에 있는 그나마 커다란 나무 아래에, 좀 전에 뒤따라오던 커플이 있는 것을 발견했다. 굵은 빗줄기를 피하기엔 어림없어 보였지만 우선 그들에게로 다가갔다. 가까이 가보니 두 사람만 있는 것이 아니었다. 폭우가 낯설었는지 몹시 놀란 듯해 보이는 강아지 한 마리가 젖은 몸을 움츠리고 가엽게 떨고 있었다. 다가오는 나를 발견한 그들은 고맙게도 나무 밑의 한자리를 내주었다. 비가 줄줄 샜지만 그냥 맞는 것보다는 훨씬 나았다. 새하얀 강아지는 낯선 외국인을 보고 짖을

힘도 없었는지 얌전했다. 그렇게 맨몸으로 한 시간 정도 견뎠을까. 한 시간에 약간 못 미쳤던 것 같다. 마침내 빗방울이 조금씩 잦아들기 시작했다. 아찔한 자연 풍경을 가진 루스키섬에서 준비 없이 폭우를 만나니 마치 대자연이 내리는 벌을 받는 것만 같았다. 아마 그 두려웠던 섬 깊숙한 곳에 나 홀로였다면 멀쩡히 버티기는 힘들었을 것이다. 쉴 새 없이 때려대는 물줄기에 한 치 앞도 보이지 않고 체온은 떨어지고 버스는 언제 올지 기약도 없는 그때, 여행자라고는 나뿐이었던 러시아 어느 섬의 깊숙한 곳에서 나는 아무런 대책도 없이 버티고 서 있었을 뿐이었다. 말도 통하지 않았지만, 나무 밑의 한자리를 내주어 함께 비를 견디고 있는 사람들이 있다는 것이 유일한 위안이었다.

폭우의 기세가 조금 꺾이기 시작할 무렵, 마침내 작고 노란 밴이 한 대 나타났다. 처음엔 버스치곤 너무 작아서 긴가민가했다. 저걸 타면 되는 건가. 타면 어디로 가는 건가. 그런데 정류장 근처에 있던 남자가 나를 향해 지금 차를 타야 한다고 소리쳤다. 조금 전에 내가 어디로 가느냐고 큰 소리로 물었던 사람이었다. 그와 함께 버스에 오르니 좁은 공간에 현지인들이 가득했다. 그중에 영어를 할 줄 아는 남자 한 명이 나에게 목적지를 묻기에 센터라고 짤막하게 대답했다. 그러자 버스 안에서 몇 사람이 대화를 나누기 시작했고, 아까 그 남자가 자기가 내리는 곳에서 함께 하차해 십오 번 버스로 갈아타면 된다고 말했다. 돌아가는 방법을 설명하다가 내가 말을 잘 못 알아들을 때면, 많은 이들이 거들어서 함께 설명하려고 애썼다. 밴에서 내린 후에도 러시아인 대학생 몇 명의 도움을 받아 무사히 환승했고, 다 젖은 몸으로 다시 한 시간 넘게 버스를 타고 혁명광장이 있는 익숙한 거리로 돌아올 수 있었다. 비는 멎었지만, 머리카락에서는 아직도 물방울이 떨어졌다.

축축하게 젖어있는 아르바트 거리를 보니 완연히 긴장이 풀리며 갑자기 웃음이 터진다. 계획도 없이 루스키섬 깊숙한 곳에 들어가서는 경치가 장난이 아니라며 그렇게 좋아하더니 결국 물에 빠진 생쥐 꼴로 돌아왔다. 새하얀 폭우 아래의 기억은 또 나의 어딘가에 각인되고 내일이면 다시 구월의 쾌청한 하늘과 적당히 따사로운 태양 아래 여행이 시작될 것이다. 나는 아직 여행길에 있다.

여행의 가치

블라디보스토크에서 지낸 첫 숙소에서의 마지막 아침, 눈을 뜨기도 전에 밖에서 찬의 목소리가 들려왔다. 예약에 문제가 있었는지 다른 숙소에서 하루를 묵게 된 그는, 아침 식사를 함께하기 위해 이른 시간부터 이곳으로 돌아왔다. 독특한 러시아 라면을 몇 개 얻었으니 아침을 함께하자고 전날 밤 맥주를 마시며 했던 말을 지키기 위함이었다. 단지 나 때문은 아니었다. 건너편 여성용 도미토리에서는 Y가 루스키섬으로 떠날 준비를 하고 있었다.

찬과 Y는 게스트하우스에서 만난 중국인 여행자다. 둘은 모두 한국어를 할 줄 알았는데, Y는 의사소통이 자유로운 수준이었으므로 꽤 많은 대화를 나눌 수 있었다. 여행자들과 어울렸던 날 밤 숙소 휴게실에서 둘을 다시 만났을 때, 루스키섬에 관한 이야기를 나누게 됐다. 둘은 내가 이미 섬에 다녀왔다는 이야기를 듣자 그곳이 어떠한지부터 가는 방법 등에 대해 세세하게 물었다. 각자 홀로 여행을 떠나왔다가 인연이 닿은 찬과 Y는 며칠 사이에 퍽 가까운 사이가 된 것처럼 보였는데, 도심에서 멀리 떨어진 섬으로 다녀오는 일은 혼자보다는 둘이 낫겠다고 생각하는 듯했다. 섬의 풍경을 사진으로 보여줄 무렵, Y가 버스를 타야 하는 곳부터 루스키섬의 주요 포인트를 지도에 찍어줄 수 있느냐고 묻기에 흔쾌히 알겠다고 대답했다.

러시아식 컵라면을 먹은 그 아침, 찬과 Y와 함께 게스트하우스를 나섰다. 숙소를 옮기는 날이었는데, 늦잠을 잔 내가 짐을 싸고 나올 때까지 둘은 휴게실에서 기다리고 있었다. 나는 신한촌 기념비를 찾아 블라디보스토크 북쪽으로 올라가야 했고, 둘은 섬으로 들어가는 버스를 타기 위해 혁명광장 부근으로 내려가야 했다. 잠깐이나마 시간을 내어 그들을 버스정류장에 데려다주고 이별의 시간이라 생각하여 사진까지 한 장 남기고 발걸음을 돌렸다. 다른 여행자들과 즐겁게 지낸 다음, 나의 가야 할 길로 다시 발걸음을 돌리는 순간이란 혼자 하는 여행의 필연적인 쓸쓸함이자 묘미였다.

여느 때처럼 오래도록 혼자 걸었던 그 날 오후, 한 해안가에서 노을을 감상하던 나는 한 카카오톡 채팅방에 초대되었다. 섬 여행을 마치고 돌아온 Y가 함께 저녁을 먹지 않겠느냐고 제안해왔다. 아주 괜찮은 식당을 알고 있는데 여럿이 가면 다양하게 먹을 수도 있고 좋지 않겠냐는 것이었다. 잠깐 고민을 했지만 마침 배도 고팠고 마땅히 갈 곳도 정해두지 않았기에 알겠다고 했다. 숙소가 있었던 언덕 조금 아래

에 있는 분위기 좋은 레스토랑 겸 카페에서 일곱 가지 정도의 메뉴를 시켰다. 혼자 블라디보스토크에 온 뒤로 사람들과 함께 식당에 간 것이 처음인 데다가 음식도 맛있어서 썩 좋은 시간이 되었다. 그날 밤 떠나야 했던 찬이 마지막으로 셋이서 야경이 아름다운 독수리 전망대로 함께 산책하러 다녀오지 않겠느냐고 물었다. 전에 독수리 전망대에 올랐을 때는 낮이어서 야경을 보기 위해 한 번은 더 가야겠다는 생각은 있었지만, 그날 밤은 아니었다.
여행 중에는 언제나 자유로이 걷고 싶다. 그때 내게 보다 '자유롭다'고 느껴지는 선택은 그들을 따라나서는 것보다 다시 혼자가 되는 것이었다. 나는 곧 블라디보스토크를 떠날 둘에게 작별 인사를 건넸다.

독수리 전망대에는 블라디보스토크에서 보낸 마지막 날 밤에 다시 올라가 보았다. 찬의 말대로 금각교를 중심으로 하는 야경이 예뻐서 나는 한참 동안 그곳에 앉아 홀로 시간을 보냈다.
언젠가 찬은 나에게 첫인상으로는 벽을 쌓고 지내는 사람처럼 느꼈다고 말했었다. 아마 블라디보스토크 여행을 떠나올 때부터 혼자 있고 싶다고 생각했었던 것이 종종 겉으로 드러났기 때문일 것이다. 내가 그의 마지막 제안을 거절하고 작별 인사를 건넬 때 그는 나에게서 또 다시 어떤 벽을 보았을까. 두 사람에게 내가 기약 없는 헤어짐을 조금도 아쉬워하지 않는, 인정 없는 사람으로 기억에 남지는 않았기를 바란다.

그때의 내가 바랐던 여행은 어느 순간에 가장 가까웠을까? 홀로 걷는 낯선 도시의 밤거리였을까, 처음으로 함께 식사할 친구들이 생겼던 짧은 저녁이었을까, 시끌벅적했던 게스트하우스의 밤이었을까.
나는 여행의 가치의 균형을 유지해야 했다. 새로운 사람을 만나고 함께하는 흥취에 빠지는 시간은 무게가 몹시 나가서 조금만 넘쳐도 한쪽으로 추가 기울어 버린다. 사람들과 함께 있다가 혼자가 되면 외로움이 찾아올 것임은 자명한 사실이었지만, 그에 대한 두려움으로 갈 길을 정하는 것은 내가 원했던 여행의 모습이 아니었다.
마음이 가는 대로 걷되, 나의 경로에서 남에게 휩쓸리듯 이탈하지는 않아야 했다. 긴 시간을 타인과 함께인 즐거움에 맡겨 두기에는 혼자만의 여행의 시간이 부족했다. 게스트하우스에 머물던 한 사람이 떠났을 때, 혼자 하는 여행이 처음이라던 Y는 정말 이렇게 친구를 사귈 수 있을 줄은 몰랐다고 말했다. 누군가 먼저 떠나간다는 사실이 무척 아쉽다고 말하는 그녀의 눈에서 진심이 비쳤다.
나는 언제나 그 순간이야말로 여행의 진정한 가치 중 하나를 발견하는 때라고 생각한다. 아쉬운 마음을 꾹 눌러두고 꿋꿋이 각자의 길을 가는 그 여행의 과정이 우리를 한층 더 성숙하게 만들어 줄 것이다. 이형기 시인이 쓴 '낙화'의 한 구절처럼 가야 할 때를 알고 떠남으로써 더 소중해지는 인연이 있다는 것, 그리고 아쉬움과 미련 속에도 자신의 길을 묵묵히 걷는 법을 배우게 될 것이다. 모종의 유혹에 휩쓸려 덜컥 나의 길을 선택하지 않도록.

한 번만 더
훌쩍 떠나버리면
안 될까

생애 첫 여행은 언제였다고 해야 할까.

어릴 적에는 여행을 자주 접할 수 있는 환경은 아니었다. 기억 속에 '가족여행'이라고 부를만한 일은 딱 한 번이었다. 몇 살 때인지 정확히는 모르겠지만 초등학생이었고 남해에서 해수욕을 했다는 것만 어렴풋이 기억난다.

조금 더 시간이 흘러 열여섯 즈음부터는 매해 여름과 겨울마다 친구들과 고향을 떠나 며칠씩 놀러 다니고는 했다. 그중에서 열여덟 고등학생 여덟 명이 휴대용 텐트 두 세트를 가지고 거제로 떠났던 일은 썩 패기 넘치는 모험이라 부를만했다. 구조라 해수욕장에 텐트를 치고 마음껏 해수욕을 즐겼다. 그런데 밤이 되니 예상치 못한 폭우가 내렸다. 옹기종기 모여 앉은 텐트 안으로 물이 샜고 사방으로 빗물이 고였다. 나름 텐트 주변으로 배수로를 만들어 두었는데 기초 공사가 영 형편없었는지, 다 쓰러져가는 텐트 밖으로 기어 나와서 보니 어른들이 쳐 놓은 다른 텐트들은 거뜬히 빗줄기를 버티고 있었다.

우리 텐트는 이미 보수공사보다는 폐기가 알맞은 상황이었다. 안타깝게도 우리는 흙탕물에 엉망이 된 텐트를 접어야 했다. 비를 맞으며 한참을 돌아다니다가 어렵사리 구한 민박집에서는 바퀴벌레가 나왔다.

그래도 밤새 마피아 게임 같은 것들을 하며 웃고 떠들었다. 그때나 지금이나 여행이 흘러가는 모습은 닮은 점이 많다. 즐거움, 개고생, 그 뒤의 더 큰 즐거움.

그런데 왠지 '첫 번째 여행'이라고 하면 그런 일들보다 몇 년은 더 지나고 있었던 기차 여행이 떠오른다. 전역한 지 얼마 지나지 않은 스물셋의 여름이었다. 이십 대 초반에는 그 여행 상품의 이름만 들어도 쉽게 설레고는 했었다. 아마 기차로(rail로) 떠난다는 의미와 미래지향적인 메시지를 함께 담긴 '내일로'.
'친구들과 놀러 간다'라는 취지가 아닌 여행은 처음이었다. 여행경비를 직접 마련해야 한다는 것도 고등학생 때와는 다른 점이었다. 홀로 기차를 타고 국토를 한 바퀴 돌아보겠다는 기대를 품고 전역하자마자 대형마트에서 아르바이트를 했다. 농산물 팀에서 일했는데 마트 내에서는 고된 부서라는 평이 지배적인 곳이었다. 나는 '수박 시즌 파트타이머'로 거의 매일 수박을 날랐다. 시식 행사와 능숙하지 못한 음성으로 판촉행위도 했다. 뭐 재미난 멘트도 없이 고작 '수박 한 번 보고 가세요'만 주야장천 외쳐댔었다. 그중에서도 주마다 몇 번은 들어오는 이십 킬로그램짜리 쌀자루를 항상 선입선출의 원칙을 따라 처음부터 다시 쌓는 것이 가장 인상적인 업무였다. 창고에서 무나 감자 등을 정리하며 농산물이 생각보다 상당히 무겁다는 것과 영하의 냉동창고에서도 땀을 비 오듯 흘릴 수가 있구나, 하는 것을 깨닫는 날들이었다. 대형마트에서 왕 노릇을 하려는 상식 밖의 진상 손님과 갈등을 빚은 후에는 창고에서 수박을 옮겨 담으며 혼자 소리를 지르기도 했다. 정해진 기간을 다 채울 때까지 아르바이트를 그만두지 않을 수 있었던 것은 여행이라는 목표가 있기 때문이었다.

마침내 시작된 기차 여행은 최대한 간략히 말하자면, 하나에서 다섯이 되었다가 둘이 되었다가 어느 때는 아주 여러 명이 벌이는 파티가 되었다가 결국에는 다시 혼자가 되는 과정을 반복하다 끝났다. 그 뒤로도 나는 한 번 더 '내일로'를 갔고, 네 번 더 비행기를 타고 한국을 벗어났는데 그 모든 과정에는 참 비슷한 점이 한 가지 있었다.
대부분의 여행은 준비 단계부터 다시 집으로 돌아올 때까지의 일정한 사이클이 정해져 있었다. 우선 아르바이트를 시작한다. 힘들어한다. 여행을 생각하면서 버틴다. 마침내 떠나는 날이 다가온다. 일을 그만

22
CARMO
131
JAMESON

둔다. 여행하는 동안 모아둔 돈을 다 쓰고 돌아온다. 한국에 돌아오면 일단 다시 아르바이트부터 구한다. 일하는 동안 또 새로운 여행에 대한 욕구가 스멀스멀 올라온다. 얼마 모이지도 않는 돈과 차근차근 안정적인 미래를 준비하는 친구들을 보면서 또 가도 되나, 하는 생각에 빠진다. 그러다 문득 비행기 표를 끊고 기어코 다시 떠난다. 여행을 마치고 돌아오면 다시 일도 돈도 없는 상태가 된다.

유럽 여행도 이 과정과 크게 다르지 않았다. 일 년 정도 학원에서 강사로 일했다. 여행을 가도 되는 시기인가, 라는 고민을 수도 없이 했지만 결국 표를 끊었다. 출국 이틀 전까지 출근했고, 여행에서 모든 걸 다 소진하고 돌아왔다. 한국으로 돌아오니 일도 돈도 없고 다시 시간만 조금 있는 상태가 됐다. 다시 미래를 고민하며 이런저런 일을 알아보다 보니 이제는 조금 버겁다는 생각도 든다. 안정적인 직장을 구하려고 애쓰는 대신 글을 쓰면서 파트타임으로 일하고, 돈이 모이면 또다시 여행을 떠났다가 아무것도 없는 상태로 돌아오는 과정을 반복하기에는, 나이가 꽤 찼다고 느낀다. 한 번만 더 이런 과정을 반복하면 서른이 코앞까지 와있을 테니. 현실감각을 조금 더 키워야 하는 것은 아닌가, 라는 생각도 부쩍 많아지는 요즘이다.

다시는 한 달 이상의 긴 여행은 없을지도 모른다고 생각하면 씁쓸하다. 낯선 길 위의 날 선 감정조차 그리워진다. 그래서 혹시라도 조금 더 나이가 들어서도 운이 좋다면 몇 번은 긴 여행을 떠날 수도 있지 않을까, 라는 희망을 혼자 품어보고는 한다. 그런데 그때의 여행은 기를 쓰고 최저시급을 모아서 떠났던 배낭여행과 같을 수 있을까. 단지 똑같은 여행은 있을 수 없다는 것 이상으로 더 많이 달라져 있지 않을까. 아니면 서른에도 마흔에도 쉰에도 여전히 새롭고 짜릿한 여행이 기다리고 있을까.

나는 사실 '무의 상태'로 돌아온 요즘도 한 번만 더 훌쩍 떠나버리면 안 될까, 하는 욕심을 은근슬쩍 품어보고 있다. 어쩌면 아직도 그 순환 과정의 어느 곳에 있는 걸까. 이제는 그러면 안 된다는 생각이 든다. 동시에 그랬으면 좋겠다는 생각도.

한 번만 더 훌쩍

떠나버리면 안 될까

좋은 삶이라는 건
어디에 있는 걸까

그냥 그런가 보다

아이를 업고 느릿한 걸음으로 우치사르 성의 계단을 오르던 남자를 봤을 때도, 뜨거운 태양이 쏟아지던 말라카의 역사 유적지를 뛰어다니는 아이에게 비눗방울을 불어 주던 여자를 봤을 때도, 그 피곤해 보이는 여행자들의 얼굴에 행복이 비치는 걸 발견할 때면 그런 생각이 들고는 했다. 언제든 마음껏 혼자가 될 수 있는 삶과 반대로 항상 누군가 곁에 있지만, 더는 자유롭게 혼자가 되기는 힘든 삶. 만약 언젠가 그 둘의 갈림길에서 하나를 선택해야 하는 순간이 온다면 어떤 길로 가야 하는 걸까. 좋은 삶이라는 건 어디에 있는 걸까.

혼자 제주에 왔다. 여행이긴 하지만 하루에 서너 시간만 관광하고 그 외는 대부분 글을 쓰거나 가져온 원고를 고쳐 쓰며 보낼 계획이었다. 물론 제주까지 온 만큼 은근히 기대한 그림은 있었다. 조용한 카페에서 커피를 마시며 글을 쓰다가 좀 지치거나 어딘가 꽉 막힌 것 같은 순간이 오면, 푸른 제주의 바다로 나가 바람을 쐬며 새까만 현무암 위를 걷고 파도가 부서지는 소리에 에너지를 얻고, 다시 자리로 돌아와 글쓰기에 열중하는 그런 그림이었다.

그런데 제주에 도착하니 날씨가 아주 흐렸고 강풍에 표지판이 뽑힐

지경이어서 며칠간 평화로운 산책은 꿈도 못 꾸는 날씨였다. 궂은 날씨 때문에 아무도 찾지 않는 카페 옥상의 테라스에 올라갔다가 거센 바람 때문에 카메라만 파손될 뻔했다. 안개가 몹시 심하게 끼어서 바다는 멀리 보이지도 않았고 비까지 내려서 며칠간 휴식은 주로 카페 내의 자리에서 창밖을 바라보는 것으로 만족해야 했다.
첫 사흘 내내 노트북을 들고 찾아갔던 분위기 좋은 동복리 해안가의 어느 카페에서도 나는 작가라기보다는 다들 방학이라 휴가를 즐기는데 혼자 계절학기 때문에 놀지 못하는 대학생이 된 기분을 더 자주 느껴야 했다. 여행은 자주 이런 식이었다. 내가 미리 그려놓은 그림에는 관심이 없고 제멋대로 색을 칠한다. 뜻대로만 되면 그게 어디 여행이던가.

하지만 다행스럽게도 제주까지 와서 혼자 외롭게 지낸 보상으로 확실히 알게 된 것도 하나 있었다. 글은 집에서 써도 되고 매일 가는 카페에서 써도 되며, 어딘가로 떠나서 한다고 해서 별반 달라지는 건 없다는 점이다. 어디에 있든 '짱 박혀서' 쓰고 있으면, 여기가 제주인지 서울인지 부산인지 파리인지 이스탄불인지 하노이인지도 모르게 되고 신경 쓸 필요도 없게 된다. 어차피 글을 쓰는 그 순간에는 글 속의 배경이 되는 장소로 들어갈 수밖에 없다.
그러니 제주까지 온 것은 헛수고였다, 라고 할 수도 있겠으나 확실치는 않다. 애초에 글이 안 써진다는 핑계로 여행을 하고 싶었는지도 모르겠다. 출장 팔십에 여행 이십 정도의 비율을 생각하고 제주에 와서 실제로는 거의 반반의 비율로 시간을 할애했으니, 오히려 그게 원래의 '여행의 감각을 살려야지'라는 기대에 더 도움이 되었을 수도 있다. 혼자 어딘지도 모르는 곳을 걸어 다니다 문득문득 아이디어가 떠오르기도 했으니. 물론 제주까지 오지 않고 익숙한 일상에서 작업을 했다면 더 많은 시간을 할애해서 좀 더 괜찮은 결과를 만들 수 있었을지도 모르겠다.

심심함이 밀려오는 때도 있었다. 여행과 출장의 경계에서 스스로 고립되어 보내는 일주일은 좀 외롭기도 하여 나는 끝내 무료함을 견디지 못했다. 아무도 모르게 제주에 다녀오겠다고 해놓고 평소에는 자주 하지도 않는 인스타그램에 사흘 만에 사진을 올리고, K에게는 거의 매일 통화를 하자고 했다. 묻지도 않은 사람에게 '사실 나는 제주

에 와있다.'라며 예쁜 사진을 자랑하기도 했다. 평소 같았으면 일주일 정도 혼자 보내는 건 그다지 기억에 남을만한 시간도 아닌데, 지난겨울의 제주는 쓸쓸함이 좀 유난스러웠다. 원인은 아직 모르겠다. 자신의 감정을 돌보는 것은 필요한 일이고 이유를 추적하는 것은 글 쓰는 사람에게 중요한 일이지만 그렇다고 해서 자기 내면에서 일어나는 모든 현상을 그때그때 파고들기에는 인생이 너무 피곤해진다. 어떤 감정이 밀려올 때는 '내가 왜 이러지?'보다는 '그냥 그런가 보다'하고 받아들이고 마는 것이 나을 때도 있다.

여행에서만큼은

이따금 시간을 내서 하는 관광도 가는 곳마다 사람이 별로 없어 여행은 전반적으로 차분했다. 함덕 해변이나 빛의 벙커 전시회에 갔던 때를 제외하면 일주일 내내 거의 적막했다고 할 만한 수준이었다. 가장 긴 시간을 할애한 것은 제주 4 · 3 관련 장소들을 찾아보는 것이었다. 지난봄 같은 학부 출신 친구, 후배와 정기적으로 만나서 각자의 관심사에 관해 이야기를 나누는 모임이 독서 모임으로 잠시 탈바꿈했던 적이 있었다. 학창 시절에 배웠던 한국 문학을 오랜만에 다시 읽어보자는 취지였다. 사월이 오고 있어서 독서 목록에 현기영의 〈순이 삼촌〉이 포함되었다. 어른이 되어 자발적으로 읽는 〈순이 삼촌〉은 교실에서 일부분으로 배울 때와는 사뭇 다르게 다가왔다. 그 이야기가 오래도록 뇌리에 남아서 다음 제주 여행에서는 반드시 4 · 3 관련 공간들을 방문해야겠다고 생각하고 있었는데, 그대로 실천하게 됐다. 문학이 힘을 발휘한 것이다.

한겨울의 제주여서 더 그랬는지는 몰라도 4 · 3 기념관이 있는 북촌리 너븐숭이와 봉개동 평화공원 둘 다 방문객이 거의 없었다. 아주 고요하고 한적해서 여유로운 관람이 가능했다. 돌이켜보면 불과 삼 년 전에 친구들과 제주에 왔을 때의 나도 4 · 3 관련 장소에 가봐야겠다는 생각을 미처 못 한 것은 마찬가지였다. 역사관이나 유적지에 가기 싫었다기보다는 그런 여행의 가능성 자체를 떠올리지 못했다. 물론 인원이 많다 보니 여행보다는 휴양의 느낌이 강했던 것도 이유였다.

여행에서 만큼은 무엇도 강요받아선 안 된다고 생각한다. 오늘 사람들에게 그나마 가장 자유롭고 행복한 시간으로 꼽히는 것이 여행이다. 여행의 방식에는 정답이 없다. 자신이 가고 싶은 데로 가서 하고 싶은 일을 하는 게 여행의 가장 큰 매력이니까. 하지만 방송에서, 혹은 SNS에서 떠오르는 장소가 꼭 우선순위는 아니어도 된다. 북촌리에 가서 제주 4 · 3에 관한 이야기를 접하고, 희생자들을 추도하며 쉽게 치유될 수 없는 아픔을 가진 사람들의 마음을 아주 조금이나마 헤아려볼 수도 있을 것이다. 각자의 여행에 옳고 그름은 없다. 다양한 가능성만이 있을뿐이다.

제주를 떠나는 비행기에 오르니 앞 좌석에 아기를 안은 여자가 앉아 있었다. 여행에서 내 몸 하나 건사하기도 힘든데 아이와 함께 여행하는 부모의 마음은 어떤 걸까. 비행기에서 잠을 깨우는 아이의 울음소리에도 종종 짜증이 나고 마는 나의 옹졸함으로는 알 길이 없다. 다만 그건 굉장히 깊은 차원의 사랑일 텐데, 그런 삶을 과연 가지 않은 길로 남겨두어도 되는 것일까. 언제든지 자유롭게 혼자가 될 수 있는 삶은 과연 축복일까? 아직은 답을 모르겠다.

여행이 정답을 찾아가는 여정만은 아닌 듯하다. 여행길에 오르며 떠올렸던 질문이 돌아가는 길에서 어쩐지 더 어려워졌으니.

여행은 자주 이런 식이다.

내가 미리 그려놓은 그림에는 관심이 없고 제멋대로 색을 칠한다.

뜻대로만 되면 그게 어디 여행이던가.

일단은, 지금 행복할 것

펴낸날	초판1쇄 인쇄 2020년 06월 02일
	초판1쇄 발행 2020년 06월 10일
지은이	오재희
펴낸이	최병윤
편집자	이우경
펴낸곳	알비
출판등록	2013년 7월 24일 제2020-000041호
주소	서울시 서대문구 증가로30길 29-2, 1층
전화	02-334-4045
팩스	02-334-4046

종이	일문지업
인쇄	수이북스

ISBN	979-11-86173-79-4 03810
가격	14,500원

「이 도서의 국립중앙도서관 출판예정도서목록(CIP)은 서지정보유통지원시스템 홈페이지(http://seoji.nl.go.kr)와 국가자료공동목록시스템(http://www.nl.go.kr/kolisnet)에서 이용하실 수 있습니다.(CIP제어번호: CIP2020015497)」

· 책값은 뒤표지에 있으며, 잘못 만들어진 책은 구입하신 서점에서 교환해 드립니다.
· 알비는 리얼북스의 문학, 에세이, 대중예술 브랜드입니다.
· 여러분의 소중한 원고를 기다립니다(rbbooks@naver.com).

CALEM
P-133-AL SÃO TELMO

Casas da Rua Direita

Baba Evi Teras Cafe